晨讀5分鐘
一天一頁，從學到會！

成語四格漫畫

晨星編輯部 ◎ 著
CherryTeddy ◎ 繪

晨星出版

目錄

內在篇

❶ 情感思想

❷ 性格品德

❸ 才學態度

外在篇

❸ 情狀、數量

含有顏色

形容差距

距離遠近

含有數字

情況緊急

稀少繁多

❹ 自然、景觀

❺ 其他

心智圖

內在

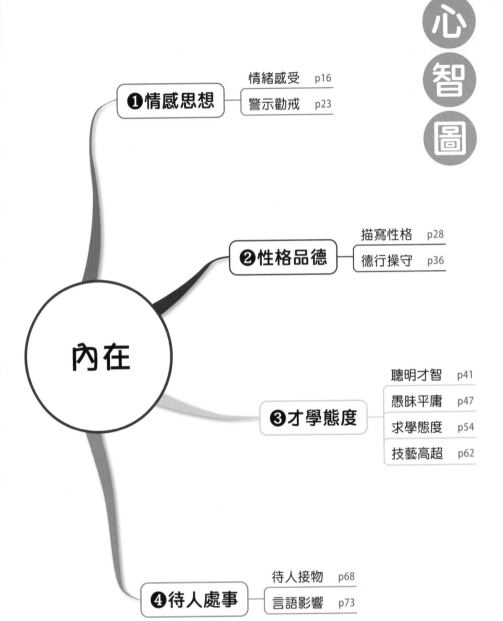

外在

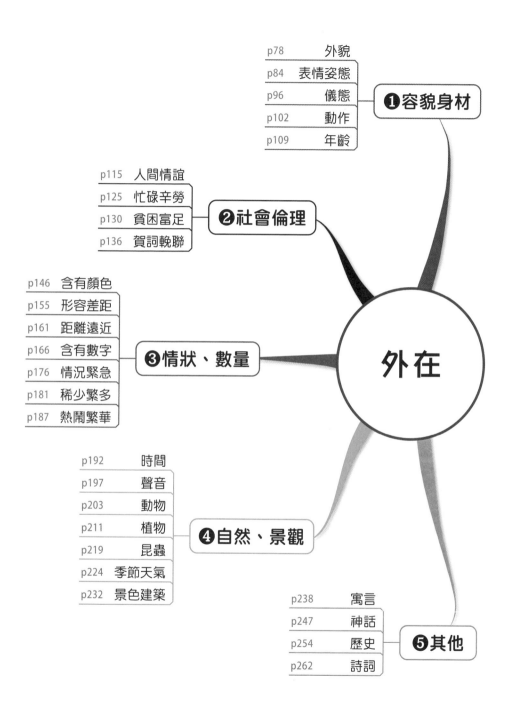

如何閱讀本書？

該成語的由來出處。由於成語出處眾多，故舉最早的典源或書證，而漫表示搭配的四格漫畫描繪以此來源。

解釋該頁成語意思。

心智圖分類，以內在♥、外在出發，進而細項分門別類。
心型表示內在篇。雖以心智圖方式分類，但成語的屬性不只有一種，可能同時兼具多種性質，但以最簡單的方式引領入門。

1 情感思想／情緒感受

甘之如飴

釋義

把它看成像飴糖那樣甘甜。比喻心甘情願地從事某種辛苦工作或雖處困境也能安然忍受。

出處

漢．趙曄《吳越春秋．勾踐歸國外傳》：「嘗膽不苦甘如飴，令我采葛以作絲。」

漫 宋．文天祥〈正氣歌〉詩：「鼎鑊甘如飴，求之不可得。」

南宋末年，文天祥率軍抗元，後來不幸被俘虜，關押在牢中。
文天祥，何不投靠大汗呢？
你這個漢奸，我是絕對不會降於忽必烈的！
你還是不肯投降的話，我就要殺死你。
哼！我不後悔，寧死也不背叛。
最後，文天祥在獄中寫下《正氣歌》：「鼎鑊甘如飴，求之不可得。」

造句

雖然身兼多職，但為了家庭而打拚，再辛苦他都甘之如飴。

近義詞

心甘情願、鼎鑊如飴

反義詞

苦不堪言、勉為其難

每頁搭配造句，幫助讀者理解使用方法。

該成語的近義詞、反義詞，幫助聯想更多的成語。

文天祥，南宋名臣。南宋滅亡後，被忽必烈所俘，卻寧死不屈，〈正氣歌〉就是他在獄中時作的，另有〈過零丁洋〉，留下名句「人生自古誰無死，留取丹心照汗青」。

生難字加注音，讀字不卡關。

成語漫畫分兩類：典故類型，將由來濃縮在四格漫畫中，逗趣易懂。

人物圖示為外在篇。

2 社會倫理／人間情誼

鶼鰈情深（夫妻）

釋義 鶼：比翼鳥；鰈：比目魚。夫婦深情厚愛，感情融洽。

出處 《爾雅・釋地》：「東方有比目魚焉，不比不行，其名謂之鰈；南方有比翼鳥焉，不比不飛，其名謂之鶼鶼。」

造句 他們夫妻的感情融洽，鶼鰈情深，令人羨慕。

近義詞 比翼連枝、伉儷情深

反義詞 連理分枝、覆水難收

應用類型漫畫，以生活情境表述，套用在現實中，馬上應用。

看他們鶼鰈情深的樣子，真是令人羨慕。
你有我這麼好的男朋友還羨慕別人？

連結書中介紹的成語。翻查方便，有效複習。

鶼鰈，分別所指的是中國古代傳說中的鳥、魚。「鶼」僅一目一翼，雌雄須並翼飛行，又名比翼鳥；而「鰈」一定要兩條緊貼著對方才能行動，又名比目魚。

針對該成語，補充相關知識：成語人物、史事、出處著作文學知識等。

成語是什麼呢？

這個作業好難啊！我好想出去玩。
砰－咚！
你是誰啊？你壓住我的作業了！
輸入完成。
滴滴－！
我是來學習地球文化的，成語是什麼呢？
呃、這個嘛……

天使！
成語是一種精短的詞語，通常是四字組合。
所以說四個字的都是成語囉？
不是的，成語通常意涵歷史故事或是哲學意義，缺一不可。所以像是白裡透紅、全面來襲，既沒有典故，也沒有哲學意涵，只能說是四字詞語。
原來是這樣！

成語多是來自歷史事件、神話、寓言、古今文學作品。每個成語都有自己的來源還有用處喔……
好複雜啊，我們為什麼要學習成語？
我是誰？我為什麼在這？
嗡嗡～
因為這樣有助於精簡、貼切的表達。還有啊，不好好學習成語，很容易因為誤用而貽笑大方呢！
別擔心，接下來就跟著劃分的主題一起學習成語吧！
知道了～

等等！還有字數不同的成語

一般認為成語是四字，但其實成語還有三字、五字、六字……甚至多達十二字。其實日常生活中都會不自覺用到成語，就來認識下列舉例的成語吧。

三字成語

門外漢：表示外行人。

閉門羹：拒絕客人進門。

馬後炮：比喻不及時的舉動。

潑冷水：挫傷別人的熱情或興致。

破天荒：指從來沒有出現過的事。

五字成語

疾風知勁草：在艱困的環境下，考驗出人的意志和節操。

後浪推前浪：比喻人事更迭，不斷前進。

小巫見大巫：比喻能力相差甚遠，無法相提並論。

不打不相識：經過爭執後，反而相知要好。

五字以上成語

知其不可而為：明知不可行，卻仍挺身去做。

夏蟲不可語冰：比喻人見識短淺，不能與之談大道理。

挾天子以令諸侯：比喻借重權勢者的名義發號施令。

他山之石，可以攻錯：比喻借助外力，改正自己的缺失。

甘之如飴

釋義

把它看成像飴糖那樣甘甜。比喻心甘情願地從事某種辛苦工作或雖處困境也能安然忍受。

出處

漢．趙曄《吳越春秋．勾踐歸國外傳》：「嘗膽不苦甘如貽，令我采葛以作絲。」

宋．文天祥〈正氣歌〉詩：「鼎鑊甘如飴，求之不可得。」

造句

雖然身兼多職，但為了家庭而打拚，再辛苦他都甘之如飴。

近義詞

心甘情願、鼎鑊（ㄏㄨㄛˋ）如飴

反義詞

苦不堪言、勉為其難

南宋末年，文天祥率軍抗元，後來不幸被俘虜，關押在牢中。
文天祥，何不投靠大汗呢？
你這個漢奸，我是絕對不會降於忽必烈的！
你還是不肯投降的話，我就要殺死你。
哼！我不後悔，寧死也不背叛。
最後，文天祥在獄中寫下《正氣歌》：「鼎鑊甘如飴，求之不可得。」

文天祥，南宋名臣。南宋滅亡後，被忽必烈所俘，卻寧死不屈，〈正氣歌〉就是他在獄中時作的，另有〈過零丁洋〉，留下名句「人生自古誰無死，留取丹心照汗青」。

七竅生煙

釋義

七竅(ㄑㄧㄠˋ)：口和兩眼、兩耳、兩鼻孔。形容氣憤到極點。

出處

清・佚名《說唐演義・第三〇回》：「邱瑞聞言，急得七竅生煙，一些主意全無。」

造句

你用這樣的話頂撞媽媽，讓她氣得七竅生煙，還不趕快認錯。

近義詞

怒眼橫睜、怒不可遏(ㄜˋ)

反義詞

喜氣洋洋、笑容滿面

媽媽，請穿鞋。
讓我來拿。
謝謝，今天怎麼這麼乖。
我感覺有點不對勁，快老實說。
媽媽，是這樣的，我們……
還把妳最喜歡的花瓶打破了。
!!!
請原諒我們。
你們給我過來！
不妙！媽媽好像氣到七竅生煙了。

《說唐演義》，作者不詳。為隋唐之際作為背景，起於隋文帝平定陳朝，終於唐太宗統一中原。描寫開唐英雄如秦瓊（秦叔寶）、程咬金、羅成、尉(ㄩˋ)遲恭等人，鮮明形象深入民間。

鬱鬱寡歡

釋義

由於心情不舒暢而少有高興的時候。

出處

戰國楚・屈原《九章・抽思》：「心鬱鬱之憂思兮，獨永歎乎增傷。」

造句

他在職場上受了挫折後，現在整天待在家中，鬱鬱寡歡。

近義詞

憂心忡忡 022 、憂心如焚

反義詞

怡然自得、得意洋洋

看她鬱鬱寡歡的樣子，是發生什麼事了？
因為她家人生了重病，所以心情都很不好。
原來是這樣……

屈原，楚國第一詩人。早年受楚懷王信任，任三閭大夫。然而被新君放逐，在秦武安君白起率軍攻破楚國郢都時，因不能回朝效力而十分傷心，作《懷沙賦》，懷抱一石，投入汨羅江而死。

六神無主

釋義

形容驚慌著急，沒了主意，不知如何才好。

出處

明·馮夢龍《醒世恒言·盧太學詩酒傲王侯》：「嚇得知縣已是六神無主，還有甚心腸去吃酒。」

造句

面對突然發生的連環車禍，他嚇得六神無主，完全無法説話。

近義詞

驚慌失措、六神不安

反義詞

泰然處之、若無其事

怎麼辦？怎麼辦？
怎麼辦？
發生什麼事了？你是否疲勞駕駛？
他被嚇到六神無主，現在沒辦法回答。先讓他鎮靜下來。

六神，道家認為，六神是指主宰人的心、肺、肝、腎、脾、膽的精氣和神靈。也與情緒有關，例如心主喜，肝主怒，肺主悲，脾主思，腎主恐，膽主決斷，若這些失常就是六神無主。

如釋重負

釋義

釋：放下。重負：重擔。像放下重擔那樣輕鬆。形容責任已盡、身心輕快的樣子。

出處

《穀梁傳．昭公二十九年》：
「昭公出奔，民如釋重負。」

造句

聽到妹妹平安抵達的消息，爸爸頓時如釋重負，鬆了一口氣。

近義詞

了無牽掛、一無牽掛

反義詞

千鈞重負、如牛負重

春秋時代，魯國的昭公是個昏君，只知吃喝玩樂，不理國政。
大權旁落在季叔、叔孫、孟孫三卿手中。
寡人要除掉三卿。
然而計謀失敗，魯昭公的軍隊反而被打得落花流水，連夜奔逃。
沒有了那個昏君，我們老百姓反而覺得如釋重負啊。

《穀梁傳》為《春秋穀梁傳》的簡稱。據說此書內容是由孔子的弟子子夏口述的，在口耳相傳後，由穀梁子記錄下來。書寫方式是問答式，用這個方式來註解《春秋》。

惻隱之心

釋義 對別人的不幸所產生同情憐憫的心。

出處 《孟子‧公孫丑上》：「惻隱之心，仁之端也。羞惡之心，義之端也。」

造句 在寒冬的夜晚，無處可去的老人家引起民眾的惻隱之心，紛紛伸出援手。

近義詞 悲天憫人、慈悲為懷

反義詞 鐵石心腸、落井下石

惻隱之心，人皆有之。
就好比看見一個孩子遭遇危難。
而看見別人遭遇危難而表現出的憐憫，就是惻隱之心。
產生的惻隱之心不是想要得到回報，而是善超越了功利。

人性本善，孟子認為人都有基本的天性，即是「惻隱之心」、「羞惡之心」、「辭讓之心」和「是非之心」，但若沒能擴充完善這些與生俱來的善性，就會被惡性吞滅。

憂心忡忡

釋義

忡忡（ㄔㄨㄥ ㄔㄨㄥ）：憂愁的樣子。形容憂慮不安的樣子。

出處

《詩經・召南・草蟲》：「未見君子，憂心忡忡。」

造句

自從家逢巨變，她總是一副憂心忡忡的樣子，許久未見笑臉。

近義詞

憂心如擣（ㄉㄠˇ）、憂心如焚

反義詞

喜氣洋洋、喜不（ㄅㄨˋ）自勝（ㄕㄥ）

你好。我想提領五十萬。
阿姨，看你憂心忡忡的，是發生什麼事情？
我兒子被綁架了，我要準備贖金。
阿姨，那是詐騙！不能相信。
我聯絡上兒子了。差點就被騙了，謝謝你們。

憂心忡忡的由來，出自《詩經》一篇，描寫一位女子對丈夫的思念之情。當女子到南山去採摘野菜時，思念許久未見的丈夫，女子唱著：「未見君子，憂心忡忡。」

當頭棒喝

釋義

喝：大聲喝斥。比喻使人立即醒悟的警示。

出處

宋．釋普濟《五燈會元．黃檗運禪師法嗣．臨濟義玄禪師》：「上堂，僧問：『如何是佛法大意？』師亦豎拂子，僧便喝，師亦喝。僧擬議，師便打。」

造句

朋友的話如同當頭棒喝，讓他脫離自怨自艾的現狀。

近義詞

當頭一棒、晨鐘暮鼓

反義詞

執迷不悟、師心自用

孩子已經好幾天沒出過房門了，一直在打電動。
為了玩遊戲，不但熬夜傷身，也不去上課，更讓家人為你擔心……
對不起。多虧了爸爸的當頭棒喝，我確實不該如此。

佛教的棒喝，其由來是唐朝的兩位佛教禪師，他們有獨特的引導學人之法。德山宣鑑禪師以「棒打」接引學人，人稱「德山棒」。臨濟義玄禪師則用大喝一聲，啓發弟子開悟。

前車之鑑

釋義

比喻可以作為後人借鏡的失敗經驗或教訓。

出處

漢．賈誼《新書．卷五．連語》：「周諺曰：『前車覆而後車戒。』今前車已覆矣，而後車不知戒，不可不察也。」

造句

若能把每一次的失敗當作前車之鑑，就能夠獲得成長。

近義詞

引以為戒、殷鑑不遠

反義詞

重蹈覆轍、一錯再錯

西漢時期，著名的學者賈誼文采斐然，曾上書給漢文帝。
秦朝皇帝胡亥殘暴，但這是因為宦官趙高教導他的原故……
這就是前車之鑑啊，應該要重視太子的禮教呀！
你說得很有道理。

賈誼，漢朝著名的思想家、文學家，年僅三十三歲就過世了。代表作為《過秦論》、《論積貯疏》等作品。《過秦論》總結秦朝滅亡的原因，盼漢朝能夠引以為鑑。

苦口婆心

釋義

以真摯的態度，竭力勸告他人。

出處

元・托克托等人《宋史・趙普列傳》：「忠言苦口，三復來奏。」

宋・釋道原《景德傳燈錄》：「問：『學人根思遲回，乞師曲運慈悲，開一線道。』師曰：『這個是老婆心。』」

造句

媽媽苦口婆心的勸導犯錯的弟弟，希望能導正他的行為。

近義詞

諄諄告誡、語重心長

反義詞

置之不顧、漠不關心

爸爸，這張照片上的人是誰？
是我的老師。想當年……
我翹課去網咖時，老師就會出現。
同學，回去上課喔～
連我窩在家裡打電動時，老師也來勸我。
同學，回去上課喔～
多虧了老師當年苦口婆心，才有現在的我。
怎麼感覺老師有點恐怖……

苦口婆心的由來，其中「苦口」出自宋太祖沒有聽從建議而執意北伐，因此兵敗的悔恨之心。「婆心」則是臨濟義玄禪師在黃檗禪師座下參學，後來才知道師父的用心良苦。

懲前毖後

釋義

懲，引以為戒。毖（ㄅㄧˋ），謹慎。指以從前的過失作為教訓，戒慎不再犯錯。

出處

《詩經・周頌・小毖》：「予其懲而毖後患。」

造句

犯錯之後，若能懲前毖後，才不會再犯同樣的錯誤。

近義詞

前危後則、以往鑒來

反義詞

重蹈覆轍、一誤再誤

周成王繼位時，因年紀太小，由叔父周公輔佐政事。
周公是想奪取王位啊！
周公心思不純。
管叔與蔡叔造謠，使得周公離京到外避嫌。
啟稟陛下，管叔與蔡叔勾結殷紂王的兒子武庚，一起發動叛亂。
快快把周公請回來。
我後悔以前聽信謠言，誤會叔父，以後必定懲前毖後。
周公東征三年，平定叛亂，一直輔佐成王到成年。

周成王，姬姓，名誦，西周第二代天子。成王繼位時年幼，由周公攝政。在三監之亂以後，成王親政，建新都洛邑、大封諸侯，還命周公東征、制禮作樂，以禮樂制度加強西周王朝的統治。

殺雞儆猴

釋義

儆ㄐㄧㄥˇ：警告。殺雞給猴子看。比喻用懲罰一個人的辦法來警告別的人。

出處

清．李寶嘉《官場現形記．第五十三回》：「俗語說得好，叫做『殺雞駭猴』，拿雞子宰了，那猴兒自然害怕。」

造句

教官嚴厲地處罰帶頭吵鬧的學生，達到了殺雞儆猴的效果。

近義詞

殺一儆百、敲山震虎

反義詞

既往不咎、寬大為懷

那猴子一動也不動，真沒意思。
走了走了。
小猴子，你竟然不聽話！
吱吱。
小猴子，你若是不表演，就會如這隻雞的下場。
世人便以殺雞儆猴比喻用懲罰一個人的辦法來警告別的人。

殺雞儆猴的故事，可見《西漢演義》中的韓信執法斬殷蓋。韓信官拜大將軍後，有許多老臣不服。在一次的操演上，監軍殷蓋卻姍姍來遲，被韓信處斬，殺雞儆猴。

剛愎自用

釋義

剛：強硬。愎（ㄅㄧˋ）：固執。剛愎：倔（ㄐㄩㄝˋ）強（ㄐㄧㄤˋ）固執；不接受別人的意見。自用：自以為是。形容固執任性，自以為是。

出處

春秋．左丘明《左傳．宣公十二年》：「其佐先縠，剛愎不仁，未肯用命。」

造句

即使我已經說明利害關係，他仍然剛愎自用，無法聽勸。

近義詞

一意孤行、固執己見

反義詞

不恥下問、從善如流

下一季的方案就決定用這個了！
可是這個方案……
就聽我的，這件事情不需要討論。
經理剛愎自用，根本聽不進去任何話，這下慘了……
你們這個決策害公司損失慘重啊！
我就知道會這樣。

剛愎自用的由來，春秋時期，楚鄭交戰，晉國派軍援助鄭國，然而在講和之際，統帥先縠（ㄏㄨˊ）卻執意要攻打楚國。楚國認為對方剛愎自用，便前來應戰，最後大獲全勝。

憤世嫉俗

釋義

痛恨腐敗的社會現狀及庸俗的世態。

出處

唐・韓愈《雜說・崔山君傳》：「然吾觀於人，其能盡其性而不類於禽獸異物者，希矣。將憤世嫉邪長往而不來者之所為乎？」

造句

因為從小坎坷的經歷，讓他變成憤世嫉俗的人。

近義詞

義憤填膺、忿恚不平

反義詞

隨波逐流、與時俯仰

如果人人都像你這樣，地球就要毀滅了。
對不起！
對不起！
在非洲，取水不易，你還這樣浪費水。
她講話也太酸了。
很可怕。
不能怪她，她命運多舛，遇到太多世上的不公，所以養就了憤世嫉俗的個性。況且對的事情就應該做好喔！

《雜說》，韓愈所著，共有四篇：龍說、醫說、崔山君傳、馬說。憤世嫉俗原作「憤世嫉邪」，韓愈提到有個書生寫了〈崔山君傳〉，憤恨不合理的社會現狀，似有著隱遁的決心。

蕙心蘭質

釋義

蕙、蘭，都是香草名。全句形容女子品性高潔、美麗聰明。又作「蘭質蕙心」、「蕙質蘭心」。

出處

唐・王勃《七夕賦》賦：「金臂玉振，蕙心蘭質。」

造句

她不僅才能出眾，更有一副好心腸，是個蕙心蘭質的女子。

近義詞

蕙心紈(ㄨㄢˊ)質、秀外慧中

反義詞

蛇蠍心腸、狼心狗肺

那是誰啊？你怎麼一副害羞的樣子。
她是我的女神！
她不僅愛護小動物，樂於助人……
遇到不公不義之事還會挺身而出，是個蕙心蘭質的人啊！

王勃，字子安，初唐時期的詩人。王勃與楊炯(ㄐㄩㄥˇ)、盧照鄰、駱賓王合稱「初唐四傑」。其詩句「海內存知己，天涯若比鄰」流傳後世，但更擅長駢(ㄆㄧㄢˊ)文，代表作為〈滕王閣序〉。

循規蹈矩

釋義

蹈（ㄉㄠˋ）：遵循。遵守禮法，不踰越法度。

出處

唐．魏徵等人撰《隋書．卷一四．音樂志中》：「齊之以禮，相趨帝庭。應規蹈矩，玉色金聲。」

造句

他總是循規蹈矩的工作，沒想到竟然是監守自盜的主謀。

近義詞

奉公守法、安分守己

反義詞

橫（ㄏㄥˋ）行霸道、胡作非為

天呀！我們的鎮店之寶不見了。
可是保全系統沒有警示，也沒有外力入侵的跡象，莫非是內賊？
不可能的，她一向循規蹈矩，從來都不會做壞事。你別亂懷疑人了。
兒子呀，你看看我有漂亮嗎？
媽，原來是你拿走的。
媽又犯病了……

規矩，分別指圓規和角尺，是訂定方圓的工具，後引申為標準、禮法。最早的典源來自《隋書》，其文表示若以禮來治天下，每個人都能循規蹈矩；以音樂來教化天下，人們和睦、快樂。

優柔寡斷

釋義

優柔：遲疑不決；寡：少；斷：決斷。形容做事拿不定主意；缺少決斷。

出處

戰國韓．韓非子《韓非子．亡征》：「緩心而無成；柔茹而寡斷；好惡無決；而無所定立者；可亡也。」

造句

每一次做決策都優柔寡斷，會讓你失去好的時機。

近義詞

猶豫不決、舉棋不定

反義詞

當機立斷、斬釘截鐵

總經理，這個A方案能夠使公司的成本縮減。
但是B方案才能讓公司賺進更多錢。
要選A，還是選B呢？真是令人煩惱。
下次會議時再作決斷。
可是這樣會錯失時機啊！
總經理總是優柔寡斷，無法當機立斷。
唉……

《韓非子．亡征》，是戰國末期法家學派代表人物韓非所作的一篇散文。韓非列舉了國家（政權）滅亡時候，會表現出來的四十八種特徵（亡征），可令領導者引以為鑑。

漢代時期，有一個偏遠的小國名為夜郎，土地貧脊且極小、人民生活困苦。
我國的國土遼闊，還有高山，天底下應該沒有能相比的了。
有一次，漢朝派使臣來到夜郎國。
你們漢朝跟夜郎國相比，哪一個更大呢？
真是夜郎自大啊，夜郎國的土地跟大漢相比，只有一個縣的大小啊！

夜郎自大

釋義

比喻不知世事，妄自尊大。

出處

西漢．司馬遷《史記．西南夷列傳》：「滇王與漢使者言曰：『漢孰與我大？』及夜郎侯亦然。以道不通，故各以為一州主，不知漢廣大。」

造句

他沒有什麼本事，卻夜郎自大，認為沒人比得上他。

近義詞

自鳴得意、妄自尊大

反義詞

妄自菲薄、虛懷若谷 039

夜郎，西南地區由少數民族先民建立的第一個國家。其具體位置不詳，史籍記載都很簡略，只說「臨牂牁江」，其西是滇國。今人根據記載，推定夜郎國的位置在中國貴州西部。

寬宏大度

釋義

形容人的度量大，能夠容人。

出處

宋．張齊賢《洛陽縉紳舊聞記．安中令大度》：「中令寬宏大度，不妄喜怒。」

造句

他因為粗心而犯下大錯，造成公司損失，幸得主管寬宏大度，原諒了他。

近義詞

寬宏大量、胸懷開闊

反義詞

心胸狹窄、小肚雞腸

聽說他闖大禍了，把這個案子搞砸。
他為人糟糕，樹敵太多，這下應該沒人幫他。
這個案子事態嚴重，有沒有人可以擔下這個重責大任？
我願意幫忙。
你不僅原諒我之前的無理，還反過來幫我，我真是慚愧。
沒事，都過去了。
他真是寬宏大度。如果是我，應該沒辦法原諒。
我們還需要修心。

張齊賢，北宋著名宰相，他將縉紳老者講述唐梁五代之事，加上自己經歷之事寫成《洛陽縉紳舊聞記》。他還有個別號「飯桶宰相」，但不是因為無能，而是因為飯量極大。

豪放不羈

釋義

羈（ㄐㄧ）：束縛。形容人性情豪邁直爽氣魄大而不受拘束。

出處

唐・李延壽《北史・張彝傳》：「彝（ㄧˊ）少而豪放，出入殿庭，步眄（ㄇㄧㄢˇ）高上，無所顧忌。」

造句

他平時豪放不羈，今天卻突然拘謹起來，實在不對勁。

近義詞

豪邁不羈、任（ㄖㄣˋ）達不拘

反義詞

畏首畏尾、束手束腳

車子壞了。
我們找人求助吧！
這個人想幹嘛，我們小心一點！
他人真是太好了，幫了我們大忙。
大哥這幾天帶著我們到處遊玩，還不肯接受回禮。
為人仗義，豪放不羈，真是帥氣！

張彝，字慶賓，北魏時期名臣，歷經孝文帝、宣武帝、孝明帝三朝。北魏是由鮮卑人所建立的，孝文帝推行漢化政策，大力提拔張彝等漢族官員。雖然政權短暫，卻為隋唐奠定基礎。

箕山之志

釋義

相傳堯欲將天下讓給許由，許由不受而避居箕山。故後以箕山之志指隱居避世，不慕虛榮的高尚志節。

出處

三國魏．曹丕《與吳質書》：「而偉長獨懷文抱質，恬惔寡欲，有箕山之志，可謂彬彬君子者矣。」

造句

古時的高士有著箕山之志，不易被名利打動，令人佩服。

近義詞

恬淡寡欲、不慕名利

反義詞

急功近利、汲汲營營

相傳堯舜時代，有一個賢人名叫許由。
先生是位賢明的人，我想禪位給您。
不可。我不願沾染俗世的虛名與榮華。
後來，許由避居在箕山農耕而食。世人便說此高尚志節為箕山之志。

許由，相傳為堯帝時代的高士。堯帝認為自己的兒子不成材，聽聞許由的美名，欲將王位禪讓給許由，他卻連夜逃至箕山。後來堯帝又請許由出仕，他認為被功名利祿弄髒了耳朵，還掬水洗耳。

高山仰止

釋義

比喻崇高的德行，令人景仰。

《詩經．小雅．車轄》：「高山仰止，景行行止。」

出處

漢．司馬遷《史記．孔子世家》：「《詩》有之：『高山仰止，景行行止。雖不能至，然心嚮往之。』」

造句

這個職位也只有他可以服眾，因為他的品德高潔，高山仰止。

近義詞

高風亮節、仰之彌高

反義詞

寡廉鮮恥、恬不知恥

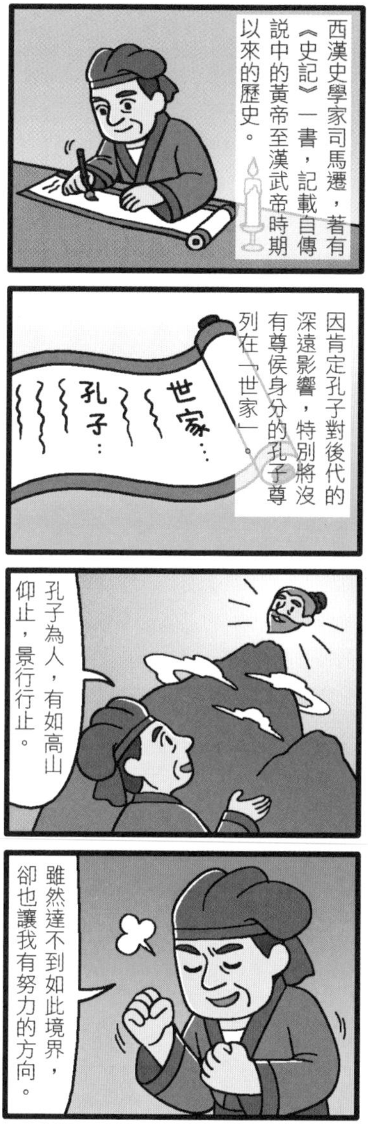
西漢史學家司馬遷，著有《史記》一書，記載自傳說中的黃帝至漢武帝時期以來的歷史。
因肯定孔子對後代的深遠影響，特別將沒有尊侯身分的孔子尊列在「世家」。
世家…
孔子…
孔子為人，有如高山仰止，景行行止。
雖然達不到如此境界，卻也讓我有努力的方向。

《史記》司馬遷所著，紀傳體（以人為主）。分為本紀（記帝王）、世家（記諸侯）、列傳（以志人物）、表（時事）、書（制度）。其中有四人定位不同：項羽、呂后被列進本紀；孔子、陳涉被列到世家。

謙沖自牧

釋義

為人處事謙和退讓，以修養自我的德性。

出處

唐·魏徵〈論時政疏〉：「念高危，則思謙沖以自牧；懼滿溢，則思江海下百川。」

造句

他是一位謙沖自牧的人，從不誇大與炫耀自身。

近義詞

不矜不伐、謙默自持

反義詞

驕傲自滿、恃才傲物

唐太宗時，魏徵因為直言敢諫，為中國史上有名的諫臣。
貞觀十一年，因為局勢安定，唐太宗越來越志得意滿，魏徵便上奏。
皇上身處高位，應當要謙沖自牧。
愛卿說的是。朕會時時警戒自己。

《諫太宗十思疏》出自《論時政疏》，唐朝魏徵奏疏的代表作。魏徵性耿直，曾多次直諫唐太宗。當魏徵過世，唐太宗還感嘆自己的三個鏡子失去了一個（以人為鑑，可以明得失）。

虛懷若谷

釋義

虛：謙虛；谷：山谷。胸懷像山谷一樣深廣。形容十分謙虛，能容納別人的意見。

出處

《老子》：「敦兮其若樸，曠兮其若谷。」

造句

一個領導若能虛懷若谷，接受各方建議，必能受到部下愛戴。

近義詞

謙沖為懷、卑以自牧

反義詞

不可一世、夜郎自大

總經理。我覺得這個提案有些不妥。
不用擔心，儘管說。
是這樣的，應該要……
嗯。很好，那就用此提案。
總經理真是個虛懷若谷的人，肯接納意見。

老子，李聃ㄉㄢ，名耳，字伯陽，世人尊稱為「老子」。春秋時代思想家，為道家開派宗師。著有《道德經》，僅五千多字，卻意含高深的道理。「虛懷若谷」便出自老子對於古代有道之士的見解。

高風亮節

釋義

高風：高尚的品格；亮節：堅貞的節操。形容道德和行為高尚。

出處

南朝劉宋．范曄《後漢書．馮衍傳》：「沮先聖之成論兮，名賢之高風。」

晉．陸雲〈晉故豫章內史夏府君誄〉：「亮節三恪，侯服千祀。」

造句

世風日下，現在已經少有高風亮節的人。

近義詞

嶔崎磊落、光風霽月

反義詞

利慾薰心、利令智昏

東晉末年，詩人陶淵明曾當過八十天的彭澤縣縣令。
有一天，視察工作的督郵來訪。所有人都競相討好督郵。
大人。您也去見見督郵啊！
我不願為五斗米折腰。
此後，陶淵明辭官歸隱田園。去世後私諡「靖節」，表現高風亮節的一生。

陶淵明，又名潛，字元亮，號五柳先生，東晉人。曾任彭澤令，但因厭惡當時的政治，大約八十天就辭職歸故里。詩文樸質自然，多為直抒胸臆之作，為田園詩人始祖。

料事如神

釋義

料事：揣度事情的發展和結局。如神：形容極其奇妙靈驗或預料事情非常準確。預料事情就如同神一樣。

出處

宋・楊萬里《提刑徽猷檢正王公墓志銘》：「公器識宏深，襟度寬博，議論設施加人數等，料事如神，物無遁情。」

造句

她是出了名的算命師，總是料事如神。

近義詞

未卜先知、玄機妙算

反義詞

鼠目寸光、目光如豆 216

老師，魯國的宗廟失火了！
冉求
孔子
我想一定是燒了桓公、僖公的廟。
老師料事如神，的確就是這兩座被燒毀。
桓公殺兄奪位，僖公殺弟篡國，這是天意。

楊萬里，字廷秀，南宋詩人，與尤袤、范成大、陸游合稱南宋「中興四大詩人」。一生力主抗金，然而卻遭到貶抑，晚年閒賦在家十五年。相傳作詩兩萬餘首，現存四千二百餘首。

足智多謀

釋義

形容人聰慧，善於謀略。

出處

元．無名氏《連環計》第一折：「此人足智多謀，可與共事。」

造句

若這個方式還是不成功，我們就請教足智多謀的人吧。

近義詞

智謀過人、詭計多端

反義詞

愚不可及、束手無策

蜀
吳
曹
我今天來跟你說草船借箭的故事，東漢末年曹操帶大軍南下，孔明說服東吳合力抗曹……
然而東吳統帥周瑜卻要孔明在三天內造出十萬支箭。
十萬
那根本不可能啊！
在大霧的夜裡，孔明在船上放了稻草假人，駛向曹營。曹軍以為敵襲，調集士兵往船上放箭……
就這樣，諸葛亮完成了造箭任務。
孔明真是足智多謀啊！

連環計，又稱計中計，是三十六計之一。著名的有《三國演義》中的火燒連環船。先由龐統假意向曹操獻計，將船連接在一起，然後由周瑜和黃蓋上演苦肉計，最後就得到火燒連環船的結果。

滿腹經綸

釋義

經綸（ㄌㄨㄣˊ），整理過的蠶絲，引申為規劃、治理。本用來比喻人具有治國本事，後泛指人才識豐富。

出處

《周易．屯》：「象曰：雲雷屯，君子以經綸。」

造句

他滿腹經綸、才華洋溢，無奈卻在工作一途上四處碰壁。

近義詞

大才槃（ㄆㄢˊ）槃（ㄆㄢˊ）、詩書滿腹

反義詞

不學無術、目不識丁

大家好，我是這學期剛來任教的，我姓江……
這個教授也太年輕了吧。
對啊，應該跟我們差不多大吧。
雖然年輕，但他不僅滿腹經綸，更是最年輕的博士畢業生呢！

《周易》是對易學的總結，相傳為周文王姬昌所作。內容分為《古經》和《易傳》，前者為卦辭和爻（ㄧㄠˊ）辭；後者解釋卦辭和爻辭的七種文辭共十篇，統稱《十翼》，相傳為孔子所撰。

學富五車

釋義

車，讀作ㄐㄩ。形容人書讀很多，學問淵博。

出處

語本《莊子・天下》：「惠施多方，其書五車。」

造句

教授學富五車，各種問題都難不倒他，值得令人學習。

近義詞

周知萬物、才高八斗 045

反義詞

不學無術 059、腹笥甚窘

這座建築建於十九世紀……
這個竹簡上所寫的是……
那這個的來源又是什麼？
這是……
他學富五車，見識多廣，真是厲害！

惠施，尊稱惠子，戰國時期的名家代表人物、辯客和哲學家。常與好友莊子辯論，最著名的無異是「濠梁之辯」。當惠施死去時，莊子還感嘆地說世間再無知己，故事可見 P66「運斤成風」。

才高八斗

釋義

比喻人極有才華。

出處

唐・李延壽《南史・謝靈運傳》：「天下才共一石，曹子建獨得八斗，我得一斗，自古及今共用一斗。」

造句

他每次出書都屢獲大獎，是位才高八斗的人。

近義詞

八斗之才、滿腹珠璣

反義詞

胸無點墨、才疏學淺

南朝宋，山水詩人謝靈運才氣頗高，為人狂傲。
此人乃是大才子啊！
文采出眾，書法也是一絕。
若天下的文才算是一石……
8 + 1 + 1
那麼三國時期的曹植才高八斗，而我為一斗，其他人則共分一斗。

謝靈運，南北朝著名詩人，開創了山水詩。與同期的文學家顏延之合稱「顏謝」。自謝靈運以後，南朝的謝朓、何遜，唐朝的孟浩然、王維等許多山水詩人，紛紛湧現，蔚為大觀。

出類拔萃

釋義

萃（ㄘㄨㄟˋ）：聚集的人或事物。形容才能特出，超越眾人。

出處

語本《孟子．公孫丑上》：「出於其類，拔乎其萃。」

造句

他從小到大都是出類拔萃的佼佼（ㄐㄧㄠˇ ㄐㄧㄠˇ）者，然而現在卻走上歧路。

近義詞

鶴立雞群、佼佼不群

反義詞

碌碌無為、濫竽（ㄩˊ）充數

老師才學淵博，是一位聖人啊！
連孔子都不以聖人自居，我又算什麼呢？
那麼孔子和古代的聖人有什麼不同？
麒麟和走獸，鳳凰和飛鳥都是同類，但前者都遠超於他們的同類。
原來如此。
孔子與一般的平民、聖人也是同類，但孔子出類拔萃，應該是天下第一位聖人。

公孫丑，戰國時齊人，生卒年不詳，孟子的弟子。曾向孟子請問管仲、晏嬰的功業。他在《孟子》中記言頗多，光是《公孫丑》就分為上下篇，是個有學問的人。

黔驢技窮

釋義

黔：中國貴州的簡稱；技：本領；窮：窮盡。黔驢意指今貴州一帶的驢。比喻有限的本領已經用完。

出處

唐．柳宗元《三戒．黔之驢》：「黔無驢，有好事者船載以入……虎因喜，計之曰：『技止此耳！』因跳踉大啃，斷其喉。」

造句

連這個辦法都行不通，我已經黔驢技窮、無可奈何了。

近義詞

黔驢之技、一無能耐

反義詞

神通廣大、三頭六臂

從前，貴州（黔）一帶沒有驢子，有個人用船運來了一頭驢子，把牠放牧在山腳下。
山裡的老虎從未看過驢子，慢慢地靠近牠。驢子突然大叫一聲，把老虎嚇了一跳。
!
老虎又再靠近一點，輕輕碰觸驢子。驢子被惹怒，用蹄去踢老虎。
老虎反而高興起來。牠認為黔驢技窮，完全不可怕，就猛撲上去。

《三戒》，寓言作品，柳宗元被貶至永州期間所寫。共有三篇：《臨江之麋》、《黔之驢》、《永某氏之鼠》。他把自己所不滿意的人分成三類，並用三種動物對應。

野人獻曝

釋義

曝：在陽光下曬。比喻平凡人所貢獻的平凡事物。亦用為人對所獻東西或意見的自謙之詞。

出處

《列子‧楊朱》：「自曝於日，不知天下之有廣廈隩室，綿纊狐貉。」

造句

以上這個提案只是野人獻曝，還請大家多加指教。

近義詞

野人奏曝、野人獻日

反義詞

不可一世、目中無人

春秋時候的宋國，有個農夫在田裡工作，春日暖陽、風和日麗，十分舒服。
春天曬太陽非常舒服，我若是把這個祕密告訴大王，一定可以得到重賞。
我要到京城呈獻一個祕密。
!
野人獻曝。大王肯定穿著狐裘，哪需要曬太陽取暖。

楊朱，春秋戰國時期的道家思想家，生平不可考，只有在各家的著作中才得以看到他的蹤跡。學說在當時相當著名，但散佚不存，散見於《孟子》、《列子》等書。

目不識丁

釋義

比喻不識字或毫無學問。

出處

後晉・劉昫《舊唐書・張弘靖傳》：「今天下無事，汝輩挽得兩石力弓，不如識一丁字。」

造句

即使他是個目不識丁的人，卻比讀書人更懂得禮義廉恥。

近義詞

不識之無、胸無點墨

反義詞

精通文翰、識文斷字

唐朝時，節度使張弘靖有兩位軍官，名叫韋雍、張宗厚。仗著權勢欺凌百姓與士兵。
兩名軍官常聚在一起喝酒，喝醉了酒，還會把士兵當作出氣筒。
你們這群人，空有力氣，目不識丁，簡直笨死了。
張弘靖縱容他們，又加上苛扣軍餉。我們再也不要忍耐了，造反吧！

《舊唐書》，五代十國後晉劉昫、張昭遠等撰寫。記載中國唐代歷史的紀傳體史書。《新唐書》由北宋宋祁、歐陽修等人撰寫，比舊唐書增列了《儀衛志》、《選舉志》和《兵志》。

井底之蛙

釋義

坐在井底看天。比喻眼界小，見識少。

出處

《莊子．秋水》：「井蛙不可以語於海者，拘於虛也。」

造句

不願意接受新知，就如同井底之蛙，無法放開視野。

近義詞

管中窺豹、以蠡測海

反義詞

憑高望遠、見多識廣

有一隻青蛙，住在一口廢井之中。有一天，他遇到一隻從海裡來的海龜。
我在這裡很快樂，自由自在。誰也比不上我！快進來看看啊！
這實在太小了，我進不去。
你有看過大海嗎？海非常的寬闊，住在那裡才是真正的快樂。不若井底之蛙。

〈秋水〉為《莊子外雜篇》的代表作。由「河伯」與「海若」的對話中展開，闡發了齊物論的旨趣，破解人間小大、是非、貴賤的對立，以及對萬物的執著分別。中心思想為最終都要回歸到「萬物一體」。

江郎才盡

釋義

江郎：南朝梁文人江淹，年輕時以詩文馳名，但晚年無佳句，人們認為他才力已盡。後比喻才思衰竭。

出處

唐．李延壽《南史．江淹傳》：「淹乃探懷中得五色筆一以授之。爾後為詩絕無美句，時人謂之才盡。」

造句

他已經多年沒有出新作品了，顯然江郎才盡。

近義詞

才思枯竭、枯腸渴肺

反義詞

七步成詩、初露鋒芒

南朝梁，有一文人江淹，少時能文善畫。
我泉思如湧，有太多可以寫了！
然而江淹年老時，文章平淡乏味。
唉，現在怎麼也想不出來了。
人們相傳，江淹在涼亭休息時，做了一個夢。
我是晉時的文學家郭璞。江郎，可以把我的筆還給我嗎？
從此之後，江淹再也寫不出好文章，人們都說江郎才盡。
好的。

江郎才盡的另外一個預夢，江淹有次偶宿於禪靈寺，夜晚夢見一人自稱張景陽（西晉文學家）要他把一匹錦緞還回，然而看到只剩一點，就轉頭送給了丘遲（南朝文學家）。

抱殘守缺

釋義

固守舊有事物或思想，而不知改進變通。

出處

漢．劉歆《移書讓太常博士》：「猶欲保殘守缺，挾恐見破之私意，而無從善服義之公心。」

造句

如果你一直持著抱殘守缺的態度，不肯接納新事物，那麼就無法進步。

近義詞

陳陳相因、因循守舊

反義詞

推陳出新、改弦更張

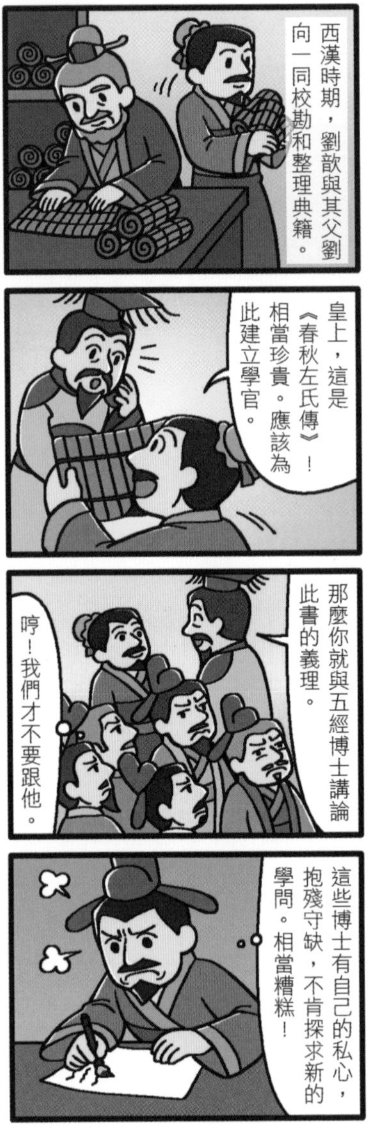
西漢時期，劉歆與其父劉向一同校勘和整理典籍。
皇上，這是《春秋左氏傳》！相當珍貴。應該為此建立學官。
那麼你就與五經博士講論此書的義理。
哼！我們才不要跟他。
這些博士有自己的私心，抱殘守缺，不肯探求新的學問。相當糟糕！

五經博士，負責經學的傳授。漢武帝時增置《易經》和《儀禮》博士，與漢文帝、漢景帝時所立的《書經》、《詩經》、《春秋》博士合為五經博士。

膠柱鼓瑟

釋義

將瑟的弦柱黏住，鼓瑟時就不能調節音調的高低。比喻頑固而不知變通。

出處

西漢·司馬遷《史記·廉頗藺相如傳》：「王以名使括，若膠柱而鼓瑟耳。」明·無名氏《鳴鳳記》：「齊人就趙學瑟，因之先調，膠柱而歸。」

造句

時代在改變，若只是膠柱鼓瑟地承襲舊法，遲早會被淘汰。

近義詞

不知變通、食古不化

反義詞

日新又新、革故鼎新

有個齊國人到趙國去學習彈奏瑟這種樂器。
我只要把調音的這個地方黏起來，以後彈起來，聲音就會一樣。
然而回到家鄉後，卻連一支曲子都彈不出來。埋怨一位來齊國的趙國人。
你們趙國人教的法子根本不管用啊！
膠柱鼓瑟，如何能彈奏出來？
這樣啊……

瑟，樂器名。中國的一種傳統彈撥弦樂器，外形類似箏但略寬。相傳為庖犧所作。古有五十弦，後改為二十五弦，弦各有柱，可上下移動，以定聲音清濁高低。

焚膏繼晷

釋義

膏：油脂，指燈燭；晷（ㄍㄨㄟˇ）：日光。點上油燈，接續日光。形容勤奮地工作或讀書。

出處

唐・韓愈《進學解》：「焚膏油以繼晷，恆兀兀以窮年。」

造句

為了考上理想的大學，他日以繼夜、焚膏繼晷地讀書。

近義詞

夜以繼日、夙（ㄙㄨˋ）夜匪懈（ㄒㄧㄝˋ）

反義詞

飽食終日、得過且過

韓愈是唐代著名文人，但因個性不適官場，在仕途中浮沉不定，頗有失志之感。
有一天，韓愈在教課。
你們要好好讀書，這樣也不怕才能被埋沒。
但老師您精通六藝，每日焚膏繼晷的讀書，卻不被重用啊！
這……

《進學解》，韓愈所作的古文，行文為勸學生讀書，學生反問，再予以回答的形式。然而實際上是韓愈感嘆自身不被賞識、自抒憤懣（ㄇㄣˋ）之作。表現知識分子的苦悶，以及批判不合理的社會現象。

宵衣旰食

釋義

旰（ㄍㄢˋ）：天已晚。很晚才吃飯，天不亮就穿衣起來。形容勤於政事。

出處

後晉・劉昫《舊唐書・劉蕡傳》：「任賢惕厲，宵衣旰食。」

南朝陳・徐陵《陳文帝哀策文》：「勤民聽政，旰食宵衣。」

造句

明朝崇禎皇帝勤於政事，宵衣旰食、兢兢業業，然而卻無力改變明朝的頹勢。

近義詞

醉生夢死、遊手好閒

反義詞

夙夜不懈、日理萬機

南北朝時期陳朝第二位皇帝——陳文帝。勤於政事、勵精圖治。
皇上總是天還沒亮就已經穿好衣服準備。
不僅如此，皇上一直忙到很晚才吃飯呢！
一直以來宵衣旰食。有此明君，真是我國的福氣。
正是如此。

陳文帝，陳蒨，字子華，是南朝陳的明君。在位期間，勵精圖治，整頓吏治，在他之後，尚有三任皇帝，然後後主不問政事，荒於酒色。最後被隋文帝所滅，南北朝結束。

駑馬十駕

釋義

原意是駿馬一天的路程，駑馬雖慢，但努力不懈，走十天也可以到達。比喻智力低的人只要刻苦學習，也能追上資質高的人。

出處

《荀子．勸學》：「騏驥一躍，不能十步；駑馬十駕，功在不舍。」

造句

勤能補拙，正如駑馬十駕，你只要繼續努力，一定有所收穫。

近義詞

百折不撓、跬步千里

反義詞

鍥而捨之、一曝十寒 060

怎麼悶悶不樂的呢？
英語只有考三十分……
下次好好加油！
不行啦。我怎麼都追不上班長，我太笨了。
良馬一天能跑千里，劣馬只要堅持下去，十天也能做到！這就是駑馬十駕啊！有什麼不能做到的。
這就對了！
哥哥說的是，我要好好的努力。

荀子，名況，被尊稱為荀卿。戰國時代儒家學者和思想家，主張人性本惡，強調後天環境和教育對人的影響，需要以「禮」修身和禮制教育。有韓非、李斯等弟子。

映雪讀書

釋義

利用雪的反光讀書。形容讀書刻苦勤奮。

出處

南朝梁·任彥升《為蕭揚州薦士表》：「至乃集螢映雪，編蒲緝柳。注引《孫氏世錄》：『晉孫康家貧，常映雪讀書，清介，交遊不雜。』」

造句

古人不願意浪費光陰，其映雪讀書的精神值得我們學習。

近義詞

囊螢積雪、韋編三絕

反義詞

玩歲愒日、蹉跎歲月

晉朝時，有個貧窮少年名叫孫康，相當勤奮好學。
家裡買不起油燈，沒辦法讀書。
有了。可以藉著雪來讀書！
這下可以讀書了。
世人便說孫康映雪讀書，勤奮刻苦。

囊螢積雪，積雪所指的是孫康，而囊螢則是車胤的故事。東晉人車胤，因貧窮無法點油燈讀書，夏夜就捕捉螢火蟲，用以照明。還有勤奮讀書的代表「鑿壁偷光」、「懸梁刺股」。

聞雞起舞

釋義

聽見雞鳴就起身，比喻人發奮學習，勵精圖治。

出處

唐・房玄齡等人合著《晉書・祖逖傳》：「與司空劉琨均為司州主簿，情好綢繆，共被同寢。中夜聞荒雞鳴，蹴琨覺曰：『此非惡聲也。』因起舞。」

造句

為了提升自己的技藝，他秉持聞雞起舞的精神努力。

近義詞

發奮圖強、懸梁刺股

反義詞

虛度光陰、韶光虛擲

東晉名將祖逖少時與好友劉琨在司州生活。兩人感情極好，經常同床而臥。
一天夜裡，響起雞啼。
醒醒，你聽雞啼了。
我還想多睡一會兒。
別睡了，這是催促我們早點起床鍛鍊，去練劍！
好吧！
兩人就到院子舞起劍來，直到天亮才收劍。往後聞雞起舞，刻苦鍛鍊。

祖逖，字士稚，東晉著名的北伐將領。永嘉之亂後，祖逖一片豪情，上書晉元帝司馬睿，力請北伐。祖逖努力收復失土，然而卻功高震主，晉元帝另派將軍牽制，最後祖逖因激憤患病而死。

不學無術

釋義

指人無學識、沒本事。

出處

東漢・班固《漢書・霍光傳贊》：「然光不學亡術，暗於大理。」

造句

弟弟從前打架鬧事、不學無術，如今變成勤勉好學的人。

近義詞

胸無點墨、不識之無

反義詞

博古通今、博學多才

漢武帝十分重用大將軍霍光，臨死前將幼子（昭帝）托付給霍光輔佐。
雖然我沒有什麼學識，但我為國建下許多軍功。
霍光的妻子霍顯是個貪圖富貴的女人。
我要讓女兒當上皇后，妳去對現在的皇后下毒！
之後，霍顯才告訴霍光，他又驚又懼。
妳竟然做下這種事情，事到如今，我也只得隱瞞下來。
然而最後事情敗露，霍家滿門抄斬。東漢史學家班固評論霍光包庇妻子是因為不學無術，不明白大局的道理。

《漢書》，東漢班固撰。記載西漢的歷史，為二十四史之一，亦是中國第一部斷代史。《漢書》沿用《史記》的體例，但有所變更。而斷代為史的編纂方法，開創了後來正史編纂的模式。

一曝十寒

釋義

曬一天，凍十天。曝（ㄆㄨˋ）：同「暴（ㄆㄨˋ）」，曬。比喻做事一日，十日休息，沒有恆心的樣子。

出處

《孟子．告子上》：「雖有天下易生之物也，一日暴之，十日寒之，未有能生者也。」

造句

學習時最怕一曝十寒，只有三分鐘熱度就放棄，那樣是學不到任何東西的。

近義詞

功虧一簣（ㄎㄨㄟˋ）、掘井九仞

反義詞

鍥（ㄑㄧㄝˋ）而不舍、滴水穿石

仁政
戰國時代，百家爭鳴。孟子周遊列國，極力說服諸侯採納他的政治主張。
孟子來到齊國勸導齊王。不滿齊王聽信小人，便以比喻來諷諫齊王。
王也太不明智了，天下雖有生命力很強的植物，可是你把它在陽光下曬了一天。
然後又放在陰寒的地方凍了它十天，一曝十寒，它哪裡還活得成呢！

孟子與告子，兩人都是戰國時人，孟子持性善論，而告子持不善不惡說（即人生下來本無所謂善惡），〈告子篇〉以兩人的論辯開頭，闡述了孟子關於人性、道德的相關理論。

兩腳書櫥

釋義

指讀書很多，但不能靈活應用的人。

出處

唐・李延壽《南史・陸澄傳》：「澄當世稱為碩學，讀《易》三年不解文義，欲撰《宋書》竟不成。王儉戲之曰：『陸公，書廚也。』」

造句

若不能融會貫通，只是死讀書的話，就會淪為兩腳書櫥。

近義詞

徒讀父書、膠柱鼓瑟053

反義詞

有腳書櫥、立地書櫥

同學們！讀書要靈活啊～
如果只是一直念書……
就像是把書一直裝進櫃子裡。
最後你就變成兩腳書櫥，等於一個書呆子啦！

「兩腳書櫥」、「有腳書櫥」兩個成語只差一字，意思卻截然不同。前者指不能靈活運用知識，就像兩腳站立的書櫥裝滿書罷了。而有腳書櫥則稱讚能夠行之運用知識的人。

栩栩如生

釋義

栩栩：活潑生動的樣子。形容生動逼真，就像是真的一樣。

出處

《莊子．齊物論》：「昔者莊周夢為胡（蝴）蝶，栩栩然胡（蝴）蝶也，自喻適志與！不知周也。俄然覺，則蘧蘧然周也。」

造句

這幅花鳥圖畫得栩栩如生，彷若可以聽見蟲鳴鳥叫一般。

近義詞

維妙維肖、活靈活現

反義詞

畫虎類犬、不倫不類

你在做什麼？
我要抓蝴蝶。
你看清楚！雖然栩栩如生，但那是畫，不是真的蝴蝶啦！
…

莊周夢蝶，是莊子提出的一個哲學論點。大意是，莊子某天午睡，變成了蝴蝶遨遊，但醒來後疑惑究竟是莊周夢見了自己是蝴蝶，還是蝴蝶夢見了自身是莊周？

妙筆生花

釋義

形容文章寫得十分出色。

出處

五代・王仁裕《開元天寶遺事・夢筆頭生花》：「李太白少時，夢所用之筆頭上生花，後天才贍（ㄕㄢˋ）逸，名聞天下。」

傳聞唐代詩仙李白小時候，曾經夢見……
筆竟然開花了。
此後，大家都說李白妙筆生花，詩文名聞天下。

造句

只要保持閱讀和觀察的習慣，持續練習，久而久之寫作便能妙筆生花、得心應手。

近義詞

夢筆生花、如椽（ㄔㄨㄢˊ）之筆

反義詞

江郎才盡 051、才思枯竭

李白，字太白，號青蓮居士，唐朝詩人。有「詩仙」之稱，與杜甫合稱「李杜」。個性率真豪放，嗜酒好遊。唐玄宗時曾為官，後因得罪權貴，遭排擠而離開京城。延伸故事，見 P256「鐵杵成針」。

畫龍點睛

釋義

比喻在關鍵的地方加上一筆，使得內容更加精闢、傳神。

出處

唐・張彥遠《歷代名畫記・張僧繇（ㄧㄡˊ）》：「金陵安樂寺四白龍不點眼睛，每云：『點睛即飛去。』人以為妄誕，固請點之。須臾，雷電破壁，兩龍乘雲騰去上天，二龍未點眼者見在。」

造句

文章適時地使用名言佳句，可以達到畫龍點睛之效。

近義詞

點石成金、神來之筆

反義詞

畫蛇添足、多此一舉

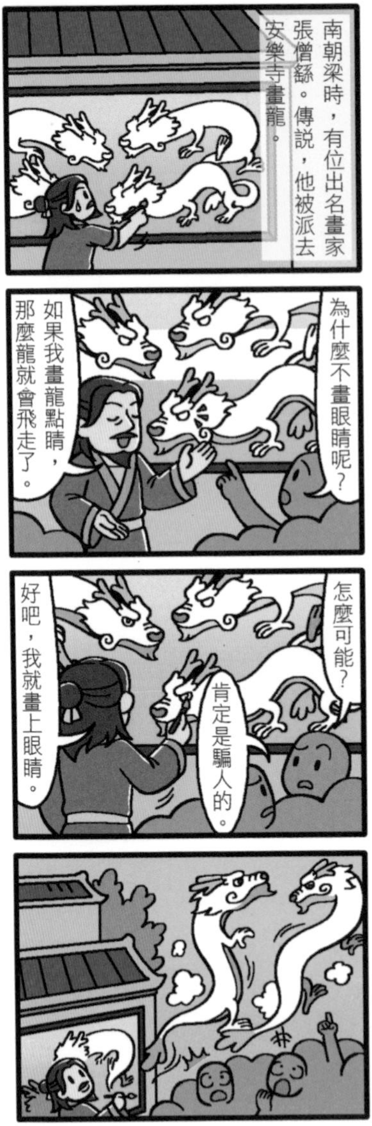
南朝梁時，有位出名畫家張僧繇。傳說，他被派去安樂寺畫龍。
為什麼不畫眼睛呢？
如果我畫龍點睛，那麼龍就會飛走了。
怎麼可能？
肯定是騙人的。
好吧，我就畫上眼睛。

《歷代名畫記》，中國第一部美術史，唐朝張彥遠所作。全書十卷，分繪畫理論的闡述、鑑識收藏方面的敘述，以及三百七十餘名畫家傳記，具有繪畫百科全書性質。

鬼斧神工

釋義

像是鬼神製作出來似的。形容藝術技巧十分高超，不是一般人做出來的。

出處

《莊子‧達生》：「梓慶削木為鐻，鐻成，見者驚憂鬼神。」

造句

站在太魯閣的大峽谷之中，忍不住感嘆大自然的鬼斧神工！

近義詞

巧奪天工、渾然天成

反義詞

粗製濫造、千瘡百孔

太厲害了……
哇！
鬼斧神工，簡直不像是一般人可以做出來的。

鬼斧神工的技藝，不得不提到《王叔遠核舟記》，魏學洢所作。記述明代毫雕奇人王叔遠，能在細小的核桃雕刻出一條船，主題為蘇軾泛舟遊赤壁，船上人物栩栩如生。

運斤成風

釋義

形容技藝高超，技術出神入化。

出處

《莊子．徐無鬼》：「郢人堊漫其鼻端，若蠅翼，使匠石斲之。匠石運斤成風，聽而斲之，盡堊而鼻不傷，郢人立不失容。」

造句

如果沒有器具，縱有運斤成風的手藝也是無用武之地。

近義詞

成風盡堊、游刃有餘

反義詞

無所措手、捉襟見肘

惠施之墓
有個郢人在鼻尖上抹了一層白粉，對面站著一個名叫匠石的人，運斤成風，把白粉都劈盡。
讓寡人看看你的技藝。
我倒是會運斧，但是我的搭檔早已死去了，沒人能夠配合我。
唉，自從惠施先生死去後，我也失去自己的搭檔了。

《莊子．徐無鬼》，是《莊子》中的一長篇文章，由十餘個各不相關的故事組成，並夾帶少量的議論。故事之間缺乏關聯，但多數是倡導無為思想的。

出神入化

釋義

神、化：指極其高超的境界。形容文學藝術達到極高的成就。

出處

元・王實甫《西廂記》第二本第二折：「我不曾出聲，他連忙答應。金聖歎：『真正出神入化之筆』。」

造句

除了天分，也需要日復一日的練習，才能達到出神入化的境界。

近義詞

登峰造極、爐火純青

反義詞

黔驢技窮 047、平淡無奇

好帥啊，不管怎麼樣都投得進。
簡直到了出神入化的境界。

金聖歎，本名金人瑞，又名金采，字聖歎。明末清初著名文學批評家，為人率性而為，恃才傲物。曾評點《水滸傳》、《西廂記》及杜甫諸家唐詩，批點深入淺出，開創中國文學前所未有文學批評的模式。

倒屣相迎

釋義

屣（ㄒㄧˇ）：鞋子。古人在家是脫鞋席地而坐，因急著迎接客人，而將鞋子穿反。比喻熱情款待賓客。

出處

西晉．陳壽《三國志．王粲》：「時邕（ㄩㄥ）才學顯著，貴重朝廷，常車騎填巷，賓客盈坐。聞粲在門，倒屣迎之。」

造句

看到貴客來訪，夫婦倆倒屣相迎，熱情招待。

近義詞

倒屣而迎、掃徑以待

反義詞

閉門不納、拒之門外

東漢時，大文學家蔡邕的家中總是賓客盈門。
一天，王粲來訪……
大人，有一位少年王粲來訪。
莫非是那個王粲！
我得趕快去迎接他。
啊！大人，您的鞋子穿反了。
一個孩子，何須倒屣相迎。
這孩子才能出眾，我比不上他！

王粲，字仲宣，東漢末年文學家。擅長辭賦，建安七子之一，被譽為「七子之冠冕」。年少即有才名，為學者蔡邕所賞識。曹操南征荊州，劉表之子劉琮舉州投降，王粲也歸於曹操，深得信賴，被賜爵關內侯。

古道熱腸

釋義

熱腸：熱心腸；古道：上古時代的風俗習慣，形容厚道。指待人真誠、熱情。

出處

清・李寶嘉《中國現在記・第十一回》：「況且老哥這樣古道熱腸的人，自然是投無不利。」

造句

里長待人古道熱腸，只要里民們一有困難，便會立刻趕來。

近義詞

古貌古心、路見不平

反義詞

人心不古、世道淪亡

他怎麼沒來上班呢？
聽說他家裡出了一些事情。
過了三天。
你回來啦！事情都解決了嗎？
多虧了大華。他聽說我家的事情之後，就來幫助我。
他為人古道熱腸，總會在別人有困難時伸出援手。

《中國現在記》，清末李寶嘉（字伯元）撰寫的中篇小說，共十二回，未完。李寶嘉二十歲考中秀才，卻無意功名，移居上海開創報紙。另有一作《官場現形記》，為譴責小說聞名於世。

八面玲瓏

釋義

原指窗户多而敞亮。形容為人處事圓滑，待人接物各方面都能巧妙應對，面面俱到。

出處

唐・盧綸〈賦得彭祖樓送楊宗德歸徐州幕〉詩：「四户八窗明，玲瓏逼上清。」

造句

她為人處世八面玲瓏，所以很快地就晉升為主管。

近義詞

八面見光、左右逢源

反義詞

剛直不阿、心口如一

妳怎麼了？
我又得罪人了，總是說話不小心。
妳若能有小美八面玲瓏的本事就好了。
是啊。公司裡的人都喜歡她。
不僅是公司裡的人，就連客戶也對她讚譽有加！
說話面面俱到，難怪人人都喜歡她。

盧綸，字允言，中唐詩人。雖有才名，科舉之路卻不順遂，後來有機會得到了宰相元載、王縉的賞識推薦，才踏上仕途。後期因軍旅生活，詩風逐漸轉為粗獷豪放，《塞下曲》即為名作。

推心置腹

釋義

本指將自己的心放在別人腹中。後比喻真心誠意對待他人。

出處

南朝劉宋・范曄《後漢書・光武帝本紀》：「蕭王推赤心置人腹中，安得不投死乎！」

造句

她們已經十年沒說過話了，在這次推心置腹的談話下，終於和好如初。

近義詞

肝膽相照、委以心腹

反義詞

爾虞我詐、疑鬼疑神

新莽時期，許多人起兵反對，擁立劉玄為更始皇帝，他將立下大功的劉秀封為蕭王。
新
劉秀將許多降軍收編成自己的部隊。
蕭王是不是假意收編我們？
也許最後還是會殺死我們。
一天，劉秀巡視各營，卻只帶著很少的隨從。
蕭王對我們絲毫不戒備，推心置腹，豈能不捨命報效呢！
後來劉秀重新統一了中國，成為歷史上有名的東漢光武帝。

東漢光武帝，劉秀，字文叔。新莽末年，國家動盪不安，劉秀與其兄長劉縯起兵。後登基稱帝，改元建武，國號為「漢」，史稱東漢。劉秀在位期間治世有能，稱「光武中興」。

口蜜腹劍

釋義

蜜：蜜糖，蜂蜜。腹：肚子。嘴上說得很甜，肚子裡卻懷著害人的壞主意。

出處

北宋・司馬光《資治通鑑・唐紀・玄宗天寶元年》：「世謂李林甫『口有蜜，腹有劍』。」

造句

有一種小人是口蜜腹劍，需要多加提防。

近義詞

笑裡藏刀、嘴甜心狠

反義詞

光明磊落、心口一致

唐玄宗時期，李林甫為相十九年，深得玄宗的喜愛。
宰相不管怎麼樣都深得我心啊！
李林甫與李適之鬧得不愉快，使計要害他。
適之兄，聽說華山有黃金，何不向皇上提出開採呢？
絕妙好計！
林甫啊，適之說可以開採黃金呢！
皇上，萬萬不可。開採的話，會對皇室不利。
哼哼！那個李適之竟然提出這樣的主意，真是包藏禍心。
世人便說李林甫口蜜腹劍！

《資治通鑑》，北宋司馬光所主編的一本長篇編年體史書。歷時十九年，才把從戰國到五代這段錯綜複雜之歷史寫成。司馬光有段故事也為人所知，即是「司馬光砸缸救人」。

捕風捉影

釋義

風和影子都是抓不著的。比喻說話做事絲毫沒有事實根據。

出處

東漢．班固《漢書．郊祀志》：「聽其言，洋洋滿耳，若將可遇；求之，蕩蕩如系風捕景，終不可得。」

造句

尚未查明真相前，不要聽信那些捕風捉影的八卦。

近義詞

捕風繫影、無中生有

反義詞

實事求是、證據確鑿

漢成帝到了四十幾歲都沒有孩子……
聽說祭拜鬼神就有用呢！
皇上，越是大肆舉辦就越有效果唷。
沒問題，那就興建專屬的地方來祭祀。
漢成帝花費許多人力與金錢，但什麼效果都沒有。
谷永
皇上，虛無飄渺的東西，就等同於捕風捉影一般不可能啊。
你說得極對，是朕糊塗了。

漢成帝，西漢最後一個握有實權的皇帝，在任期間開始重用王莽等人，導致外戚專權。第二任皇后為趙飛燕，專寵二十年。成語「環肥燕瘦」中，前者為楊貴妃，後者即是體態輕盈的趙飛燕。

以訛傳訛

釋義

訛（ㄜˊ），錯誤。指將不實的言論繼續傳播下去。

出處

宋．王柏《默成定武蘭亭記》：「幾千石矣，訛以傳訛，僅同兒戲，每竊哂之。」

造句

你根本不清楚事情發生的過程，就別以訛傳訛、加油添醋了。

近義詞

道聽塗說、三人成虎

反義詞

言之鑿（ㄗㄠˊ）鑿（ㄗㄠˊ）、言之有據

聽說新開了一家餐廳。有非常豪華的西式料理店唷。
我也有聽說，而且外觀就像城堡一樣喔！
那我們放學後就去看看。
這就是你們說的？
到底是誰在亂傳謠言啦！
真是的，這就是以訛傳訛。

以訛傳訛的由來，與東晉書法大家王羲之所作〈蘭亭集序〉有關。這個書法名作真跡，在經過多次的流傳後，真跡已不可得。開始出現許多仿作，導致訛以傳訛，最後真偽難辨。

含沙射影

釋義

傳說一種叫蜮(ㄩˋ)的動物，能夠在水中含沙噴射人的影子，使人生病。比喻暗中攻擊或陷害人。

出處

晉・干寶《搜神記・卷十二》：「其名曰蜮，一曰短狐，能含沙射人，所中者則身體筋急，頭痛、發熱，劇者至死。」

造句

有任何不滿就直接說出來，不要含沙射影，肆意誣毀別人。

近義詞

指桑罵槐 218、暗箭傷人 076

反義詞

光風霽(ㄐㄧˋ)月、心懷坦然

!!
名作家疑似抄襲！？
報導中含沙射影指涉老師抄襲，讓老師氣到住院了。
希望老師早日康復。
謝謝你。

《搜神記》，晉代干寶所著。內容輯錄民間各種關於鬼怪、奇跡、神異以及神仙方士的傳說。故事尚不成熟完備，但對於未來唐人傳奇及元代的戲曲都有很深的啓發。

暗箭傷人

釋義

放冷箭傷害人。用以比喻暗中用陰毒的手段傷害別人。

出處

春秋．左丘明《左傳．隱公十一年》：「潁考叔挾輈以走，子都拔棘以逐之，及大逵，弗及，子都怒。……潁考叔取鄭伯之旗蝥弧以先登，子都自下射之，顛。」

造句

我們比賽不論輸贏，而是要堂堂正正的一決勝負，別搞暗箭傷人的把戲。

近義詞

眾口鑠金、謬悠之說

反義詞

胸懷灑落、胸襟坦白

春秋時代，鄭國計劃討伐許國，五月時，莊公在宮前檢閱部隊，發派兵車。
公孫閼
潁考叔
年輕人，兵車就給我吧！
七月間，鄭莊公正式下令攻打許國。攻城時，潁考叔率先爬上城頭，然而就在這時……
趁人不備，暗箭傷人。
決不讓你立功。

潁考叔，春秋時期鄭國大夫，為人至孝。當時的國君鄭公將參與叛變的母親武姜軟禁，並發誓不到黃泉不相見，後來卻後悔其誓言。而潁考叔就建議挖隧道（表示黃泉），讓鄭公與其母相見。

蜚短流長

釋義

蜚：沒有根據、不實的散布謠言，說人閒話。

出處

清．蒲松齡《聊齋志異．封三娘》：「造言生事者，蜚短流長，所不堪受。」

造句

在這個封閉的小鎮，只要做了一點事情，就有好事者蜚短流長。

近義詞

閑言閑語、曾參殺人

反義詞

明火執杖、襟懷坦蕩

聽說他被退學……
聽說他不學好。
好幾天沒看見他。
因為他受不了好事者的蜚短流長，所以搬走了。

《聊齋志異．封三娘》，此書有各式主題，而此篇所述的是中國文學中極少被表現的主題：女性同性愛。狐妖封三娘事事隱蔽，就是怕不容於世的愛情遭受蜚短流長。

沉魚落雁

釋義

魚見了潛入水底；大雁見了掉落在地。比喻女子的容貌美麗。

出處

《莊子．齊物論》：「毛嬙(ㄑㄧㄤˊ)、麗姬，人之所美也；魚見之深入，鳥見之高飛，麋鹿見之決驟，四者孰知天下之正色哉。」

造句

她有著沉魚落雁之貌，即使未施脂粉，也不掩其色。

近義詞

羞花閉月、傾國傾城

反義詞

貌若無鹽 080 、東施效顰

相傳春秋時代，越國有一位美貌女子西施。一天，在溪邊浣紗……
西施實在太美了。
相傳漢朝時，王昭君遠嫁匈奴和親，路經大漠。天上有一群大雁飛過……
後人以沉魚落雁形容絕色女子。
好美的女子啊～

中國古代四大美女，一般指西施、王昭君、貂蟬、楊太真（楊玉環，又稱楊貴妃），分別對應「沉魚」、「落雁」、「閉月」、「羞花」的典故。

面如冠玉

釋義

形容男子面貌俊美，有如鑲飾在帽上的美玉。

出處

西漢．司馬遷《史記．陳丞相世家》：「絳侯、灌嬰等咸讒陳平曰：『平雖美丈夫，如冠玉耳，其中未必有也。』」

造句

只見那名少年面如冠玉、眉清目秀，一出現就吸引在場所有人的目光。

近義詞

面如敷粉、貌若潘安

反義詞

獐頭鼠目、尖嘴猴腮

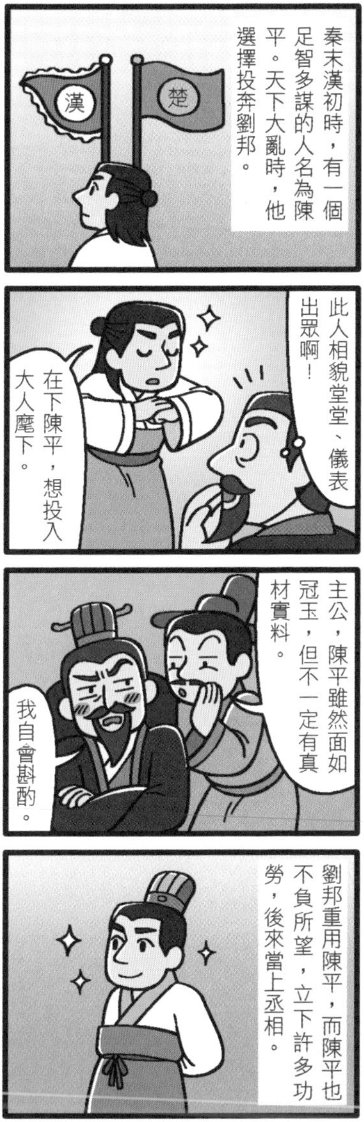
秦末漢初時，有一個足智多謀的人名為陳平。天下大亂時，他選擇投奔劉邦。
楚
漢
此人相貌堂堂、儀表出眾啊！
在下陳平，想投入大人麾下。
主公，陳平雖然面如冠玉，但不一定有真材實料。
我自會斟酌。
劉邦重用陳平，而陳平也不負所望，立下許多功勞，後來當上丞相。

冠玉，多為正圓形，上大下小扁而平，中國古代達官貴人裝飾在冠帽上的一塊玉片，綴飾在帽子前，戴上時對準鼻尖，因此民間統稱為「帽正」，流行於明清時代。

貌若無鹽

釋義

為人有德而貌醜，後世常作為醜女的代稱。

出處

漢．劉向《列女傳．卷六．辯通》：「鍾離春者，齊無鹽邑之女，宣王之正后也。」漢．劉向《新序．雜事二》：「齊有婦人，極醜無雙，號曰：『無鹽女』。」

造句

她雖然貌若無鹽，卻有著美麗的心靈，勝過萬千女子。

近義詞

鼻偃齒露、醜頭怪臉

反義詞

花容月貌、貌若天仙

戰國時期，齊國經常被趙國攻打，但齊宣王卻只顧飲酒作樂，不問政事。
有一女子鍾離春，大家都稱她為「無鹽女」，來到皇宮自薦為妻。
我十分仰慕大王，願意嫁與您為妻。
我不要，妳長得這麼醜！
我有解決齊國之難的方法。而且我在大王身邊，才能阻止你做錯事情。
齊宣王聽取諫言，後來齊國國力大增。後人說貌若無鹽，才德兼備，不可以貌取人啊！

鍾離春，複姓鍾離，名春，戰國時代齊國無鹽（今山東東平）人，又稱鍾無鹽，後來以訛傳訛變成了鍾無艷。相傳她貌醜卻極有才華，年過四十仍未婚，向齊宣王自薦為妻。

其貌不揚

釋義

不揚：不好看。形容人的相貌難看。

出處

春秋．左丘明《左傳．昭公二十八年》：「今子少不颺（揚），子若無言，吾幾失子矣。」

宋．王讜《唐語林》：「榜末及第，禮部侍郎鄭愚以其貌不揚，戲之。」

造句

雖然他其貌不揚，卻是著名的作家，出版過不少曠世巨作。

近義詞

面目可憎、小頭銳面

反義詞

國色天香、一表人才

鄭府
唐朝時，皮日休第二次到京城去考進士，主考官鄭愚相當欣賞他的文章，請他到府會面。
拜見大人，在下為皮日休。
這人怎麼長那麼醜。
你很有才學，可惜其貌不揚，眼睛不對稱啊！
主考官若不能識才，兩隻眼睛也就沒作用。
鄭愚心中不悅。幾天後，考試揭榜，皮日休雖然中進士，卻位列末位。

其貌不揚的典型人物，法國作家筆下的《鐘樓怪人》，以貌醜卻有愛心的加西莫多為主角，在巴黎聖母院背景下的悲劇故事，令人省思人不可貌相及心靈之美的重要性。

骨瘦如柴

釋義

形容非常消瘦的樣子。

出處

宋・陸佃《埤（ㄆㄧˊ）雅・釋獸》：「瘦如豺。豺，柴也。豺體瘦，故謂之豺。」

造句

受了這番打擊後，她終日食不下嚥，變得骨瘦如柴。

近義詞

瘦骨嶙（ㄌㄧㄣˊ）峋（ㄒㄩㄣˊ）、形銷骨立

反義詞

肥頭大耳、大腹便（ㄆㄧㄢˊ）便（ㄆㄧㄢˊ）

發生什麼事？你怎麼變成這副骨瘦如柴的模樣？
我這幾個月都在趕畢業論文，所以就顧不上吃飯……
那既然這樣，我們現在去大吃一頓吧！

《埤雅》，北宋陸佃所著，總共二十卷，以《詩經》中的動植物作為研究，所舉各種動植物的形狀、特點、性能都有具體的解釋，書分釋魚、獸、鳥、蟲、馬、木、草、天八類。

鶴髮童顏

釋義

有如鶴羽般的雪白頭髮，兒童般的面色。形容老年人氣色好。

出處

唐．田穎〈夢遊羅浮〉詩：「自言非神亦非仙，鶴髮童顏古無比。」

明．羅貫中《三國演義．第十五回》：「（華佗）童顏鶴髮，飄然有出世之姿。」

造句

爺爺年近九十，依然鶴髮童顏，身體硬朗。

近義詞

老而矍鑠、老當益壯

反義詞

鶴髮雞皮、齒危髮禿

吳
三國時代，吳國猛將周泰英勇善戰，多次救孫權於危難之中。
有一次，孫權與周泰在宣城，正逢山賊來襲，周泰身中二十多刀，傷勢嚴重。
主公，我之前傷勢極重，多虧了一位神醫。
快快請神醫前來。
鶴髮童顏，相貌不凡，有如神仙。
呵呵～在下華陀，救百病。

仙鶴，傳說中是南極仙翁（中國神話中的長壽之神）的坐騎，寓意延年益壽，所以深受人們喜愛。在中國明清時代，一品大官的官袍之上，所繡的就是仙鶴的圖樣。

滿面春風

釋義

春天溫暖的風拂面，比喻人喜悅的表情。

出處

宋．陳與義〈寓居劉倉廨中晚步過鄭倉臺上〉詩：「紗巾竹杖過荒陂，滿面春風二月時。」

造句

看他最近都一副滿面春風，想必有好事發生。

近義詞

喜形於色、笑容滿面

反義詞

愁眉苦臉、愁眉不展

大家早安！
看你滿面春風的樣子，一定是有什麼喜事。
是這樣的，我女朋友接受我的求婚了，我要結婚啦！
恭喜恭喜。

滿面春風的由來：出自陳與義的一詩，形容在吹起春風的二月外出散步。而後人將和風輕拂臉上使人愉悅，形容心情極好，發展出了滿面春風此成語。風的延伸知識可見 P227「金風送爽」。

頤指氣使

釋義

頤：腮幫子。頤指：動下巴示意。不說話而用面部表示來指示，形容指揮別人的傲慢態度。

出處

東漢．班固《漢書．貢禹傳》：「家富勢足，目指氣使。」

宋．司馬光《資治通鑑．唐紀．昭宣帝天佑二年》：「見朝士，皆頤指氣使，旁若無人。」

造句

這位貴婦一進店裡便對著店員頤指氣使，令人心生不滿。

近義詞

目空一切、恃才傲物

反義詞

唯唯諾諾、奴顏婢膝

唐朝末年，朱溫聽從李振的建議殺了宰相崔胤，此後勢力越來越大，還強迫唐昭宗遷都洛陽。
李振，你到洛陽去監視唐昭宗及那些朝臣。隨時向我回報。
是。
哼！這些人都得聽我的，不然就要倒大楣。
這鴟梟又來了，每次來都沒好事。
李振仗著朱溫的權勢，對百官們頤指氣使。

朱溫，五代時期後梁開國皇帝。曾參與黃巢之亂，後降唐為將，唐僖宗賜名朱全忠。唐僖宗死後，弟弟唐昭宗即位，然而朱溫掌控大權，並脅迫唐昭宗遷都洛陽，最後篡唐自立。

泰然自若

釋義

神情如常、不以為意的樣子。形容在緊急情況下沉著鎮定，不慌不亂。

出處

元．脱脱等人《金史．顏盞門都傳》：「有敵忽來；雖矢石至前；泰然自若。」

造句

即使雙方的比分差距極大，但主將仍舊泰然自若地應戰。

近義詞

安之若素、若無其事

反義詞

忐忑不安、心驚肉跳

有、有、鯊魚！
導遊怎麼還一副泰然自若的樣子？那可是鯊魚啊！
看仔細了，是海豚！
呃……

《金史》，為中國古代各朝撰寫的二十四部史書之一，記述了從女真族的興起到金朝建立和滅亡。顏盞門都，有著出色的軍事才能，即使遇到敵人進犯，仍泰然自若。

excuse me Where is the MRT?
呃、呃、呃……
MRT is ……
Thank you
唉，每次遇到外國人就張口結舌到說不出話來。

張口結舌

釋義

結舌：舌頭不能轉動，張著嘴說不出話來。形容無話可說，或因緊張害怕而愣住。

出處

《莊子・秋水》：「公孫龍口呿而不合，舌舉而不下，乃逸而走。」

造句

面對台下的質詢，一向伶牙俐齒的他竟然被問倒了，一時張口結舌，答不上來。

近義詞

瞠目結舌、啞口無言

反義詞

口若懸河、滔滔不絕

張口結舌的由來，出自名家公孫龍和魏國公子魏牟的對談。公孫龍認為自己博學善辯，卻難以理解莊子，所以詢問魏牟。魏牟則說公孫龍就像井底之蛙，要他別試圖理解，公孫龍聽了之後張口結舌。

悵然若失

釋義

悵（ㄔㄤˋ）然：形容不如意、不痛快。形容就像丟了什麼似的鬱悶之情。

出處

南朝宋·劉義慶《世說新語·雅量》：「殷悵然自失。」

造句

他凝視著泛黃的結婚照，顯得悵然若失的樣子。

近義詞

惘然若失、若有所失

反義詞

悠然自得、怡然自得

我這部作品一定會轟動世人！
怎麼樣？怎麼樣？
我晚點再看吧。
我寫得不好嗎？被擺到一邊了……
看她一副悵然若失的樣子，八成是不成功了。

《雅量》，是《世說新語》的第六門，共四十二則故事。雅量指寬宏的氣量。魏晉時代講究名士風度，遇事時不能展現喜怒哀樂。從記載可知有些人是真雅士，有些則是故作曠（ㄎㄨㄤˋ）達。

目瞪口呆

釋義

瞪：睜大眼睛直視；呆：發愣。形容因恐懼而發愣的樣子。

出處

元・無名氏《賺蒯（ㄎㄨㄞˇ）通》第一折：「嚇得項王目瞪口呆，動彈不得。」

造句

事情發生得太快，大家都被嚇得目瞪口呆，說不出話來。

近義詞

呆若木雞、張口結舌

反義詞

談笑自若、氣定神閒

發生什麼事了，怎麼大家都一副目瞪口呆的樣子？
剛剛……這個大花盆從天而降，差點砸到我們。
就是啊，大家都嚇傻了。

蒯通，原名蒯徹（避漢武帝名諱作「通」），楚漢時策士。口才佳，為韓信謀士，曾勸韓信擁兵自立，卻不成功。韓信在被殺時曾說：「吾悔不用蒯通之計，乃為兒女子所詐，豈非天哉！」延伸故事可見 P175「萬無一失」。

神采奕奕

釋義

奕奕：精神煥發的樣子。形容精神飽滿，容光煥發。

出處

清・吳趼人《二十年目睹之怪現狀・第三十七回》：「又央德泉上梯子去，幫他把畫釘起來。我在底下看著，果然神采奕奕。」

造句

爺爺已經九十歲了，但由於運動的關係，身體健康、神采奕奕。

近義詞

神采煥發、神采飛揚

反義詞

委靡不振、無精打采

咳、咳！暑假還要來上暑輔，老師知道你們都有點坐不住。所以……
下午我們就放輕鬆點，去操場上走走吧。
耶～
剛剛還一副無精打采，轉眼就變得神采奕奕了。

《二十年目睹之怪現狀》，長篇章回小說，由筆名「我佛山人」的晚清吳趼人（吳沃堯）所著。故事由主角九死一生的經歷為主幹，以遇見的怪事勾勒出社會黑暗狀況。

面面相覷

釋義

覷：看。一般用來形容人因驚惶或做錯事而互相對視，不知如何是好的樣子。

出處

明・施耐庵《水滸傳・第一七回》：「眾做公的都面面相覷，如箭穿雁嘴，鉤搭魚腮，盡無言語。」

造句

打翻了貴重的古董，一時之間他們面面相覷，不知如何是好。

近義詞

目瞪口呆089、相顧失色

反義詞

泰然處之、面不改色

怎麼回事，看你們一副面面相覷的樣子。
經理不曉得為什麼一大早就怒氣騰騰，我們的報告被退了好幾次。
看來這陣子皮都要繃緊點……

《水滸傳》，白話章回小說，中國四大文學名著之一。其內容講述北宋時期，以宋江為首的綠林好漢，由被逼落草，再至受到朝廷招安，東征西討的歷程。一般認為作者是施耐庵，而羅貫中做了整理，金聖歎刪減為七十回本。

畢恭畢敬

釋義

恭、敬：端莊有禮。用以形容態度十分恭敬。

出處

《詩經・小雅・小弁（ㄆㄢˊ）》：「維桑與梓，必恭敬止，靡瞻匪父，靡依匪母。」

造句

她對待老師向來都是畢恭畢敬，不敢有任何的失禮。

近義詞

彬彬有禮、肅然起敬

反義詞

粗俗無禮、出言不遜

周幽王十分寵愛褒姒，更為了搏她一笑，而點燃烽火戲弄諸侯。
褒姒給我生了個兒子，那我要立她為后，下令廢太子！
太子宜臼被廢黜後，住在外祖父申侯的家裡。
唉……
孩子，你在煩憂什麼？
我看見屋邊的桑樹和梓樹，都要畢恭畢敬……然而我的好日子要到何處找尋。

桑和梓都是古代常見的樹種，古時人們經常在自宅前後植桑栽梓，看見桑樹和梓樹，最容易引起對父母的懷念和產生敬愛之心。後來衍伸以「桑梓」代稱為家鄉。

低聲下氣

釋義

用以形容說話和態度卑下恭順的樣子。

出處

明・馮夢龍《醒世恒言・李汧公窮邸遇俠客》：「更瘦小低聲下氣，送暖偷寒，逢其所喜，避其所諱。」

造句

這件事情是她理虧在先，你不需要對她低聲下氣。

近義詞

低心下氣、低三下四

反義詞

趾高氣揚、昂首挺胸

王總，實在很不好意思……
哼。
怎麼了？
他漏掉了王總的訂單，所以只好一直低聲下氣的道歉。

《醒世恆言》，馮夢龍所著白話小說集，與《喻世明言》、《警世通言》並稱「三言」。後來凌濛初被影響，寫下《初刻拍案驚奇》、《二刻拍案驚奇》，稱為「二拍」。三言二拍是成就極高的白話短篇小說集。

聲色俱厲

釋義

說話時的聲音和臉色都很嚴肅。

出處

唐·房玄齡等人合著《晉書·明帝紀》：「（王）敦素以帝神武明略，大會百官而問溫嶠曰：『皇太子何以德稱？』聲色俱厲，必欲使有言。」

造句

社長對待員工嚴格，稍有犯錯便是聲色俱厲地訓斥。

近義詞

疾言厲色、橫眉怒目

反義詞

和顏悅色、和藹可親

你又跑去偷玩水，我不是說過獨自去海邊非常危險嗎！
可是同學說要一起……
發生什麼事情了？
弟弟又跑去海邊玩水了。
實在太危險了，難怪媽媽聲色俱厲地責罵他。

晉明帝司馬紹，字道畿ㄐㄧ，東晉的第二代皇帝，可惜英年早逝。王敦叛亂時，欲以不孝之罪廢黜ㄔㄨˋ司馬紹，聲色俱厲的質問溫嶠：「太子有何德行？」溫嶠不懼其威，挺身護主。

道貌岸然

釋義

道貌：正經嚴肅的容貌；岸然：高傲的樣子。指神態嚴肅的樣子，現多用於諷刺表裡不一的偽君子。

出處

清・蒲松齡《聊齋志異・成仙》：「又八九年，成忽自至，黃巾氅服，岸然道貌。」

造句

想不到他表面一副道貌岸然，實際上卻是小人，背後使計害人。

近義詞

一本正經、正顏厲色

反義詞

嬉皮笑臉、油腔滑調

涉案人涉嫌以宗教名義向信徒騙取金錢……
沒想到啊！表面上道貌岸然，實際上卻是一個小人。
人不可貌相呀。

金庸筆下的《笑傲江湖》之華山掌門岳不群，外號「君子劍」，外表正氣凜然，實際上為奪劍譜與稱霸天下武林，背後做盡許多卑鄙之事。金庸成功塑造一個道貌岸然的偽君子。

風度翩翩

釋義

風度：美好的舉止姿態；翩翩（ㄆㄧㄢ ㄆㄧㄢ）：文雅的樣子。一般用作形容男子舉止文雅優美。

出處

西漢．司馬遷《史記．平原君列傳》：「平原君，翩翩濁世之佳公子也。」

造句

在晚宴上，出現了一位風度翩翩的男子，頓時成了全場焦點。

近義詞

風流倜儻（ㄊㄧˋ ㄊㄤˇ）、溫文爾雅

反義詞

村夫俗子、粗俗鄙陋

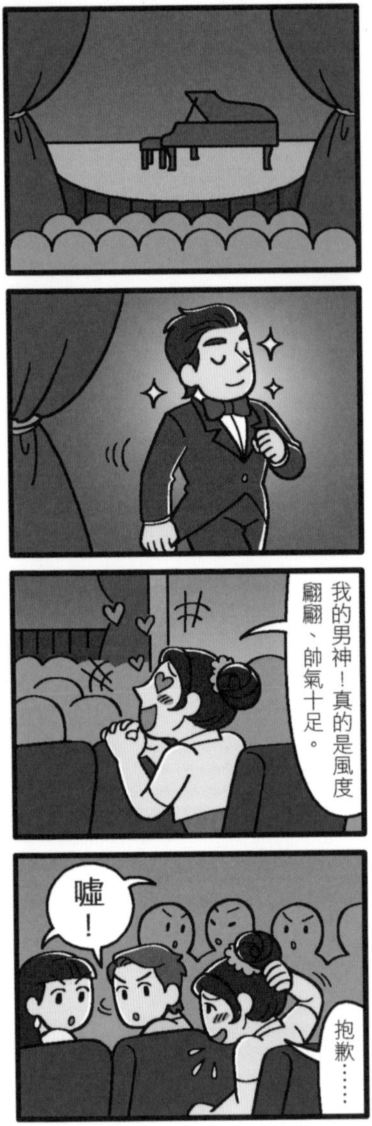
我的男神！真的是風度翩翩、帥氣十足。
噓！
抱歉……

平原君，名為趙勝，趙武靈王之子，風度翩翩有佳名，是戰國時期趙國大臣，以善於養士而聞名。和齊國孟嘗君田文、魏國信陵君魏無忌、楚國春申君黃歇合稱「戰國四公子」。

氣宇軒昂

釋義
形容人精力充沛，風度不凡。

出處
明．羅貫中《三國演義．第四十三回》：「張昭等見孔明丰神飄灑，器宇軒昂，料道此人必來遊說。」

造句
這名青年氣宇軒昂，將來成就應當非凡。

近義詞
神氣清朗、丰神俊朗

反義詞
萎靡不振、垂頭喪氣

三國時代，劉備派孔明前往東吳談議抗曹大計。
勞煩軍師了。
必不辱使命。
啟稟主公，孔明到。
只聞其名，未見其人。真是令人期待。
孔明氣宇軒昂、自信滿滿，我今天要讓他知難而退。
孔明憑藉口才，舌戰群儒，說得東吳文臣無言以對。

《三國演義》，羅貫中所著，是中國第一部長篇歷史章回小說，也是四大名著之一。內容根據正史《三國志》改編，故事起於黃巾起義，終於西晉統一。塑造的人物性格突出，深入人心。

不修邊幅

釋義

不修整布帛邊緣，任其雜亂不齊。用以形容不講究衣飾儀容或不拘形式小節。

出處

南朝劉宋·范曄《後漢書·馬援傳》：「天下雄雌未定，公孫不吐哺走迎國士，與圖成敗，反修飾邊幅，如偶人形。此子何足久稽天下士乎？」

造句

在莊重的場合上，若是一副不修邊幅的樣子，會落得別人口舌。

近義詞

不衫不履、不拘小節

反義詞

西裝革履、衣冠楚楚

媽媽，這個姐姐是剛睡醒就出門嗎？
別看她不修邊幅的樣子，實際上她可是一位厲害的鋼琴家呢！
這就是大家說的妝前妝後嘛？
呃……

馬援，東漢著名軍事家，初時依附隗囂，後來投靠漢光武帝。他有許多名句流傳於世，如「大丈夫老當益壯」及「男兒要當死於邊野，以馬革裹屍還葬耳」等語。

蓬頭垢面

釋義

形容人頭髮散亂、面容骯髒、不修邊幅的樣子。

出處

東漢．班固《漢書．王莽傳上》：「世父大將軍鳳病，莽侍疾，親嘗藥，亂首垢面，不解衣帶連月。」

造句

因為突逢家變、妻離子散，他如今蓬頭垢面、衣衫襤褸的模樣，在街上乞討。

近義詞

披頭散髮、蓬頭散髮

反義詞

衣冠楚楚、風儀秀整

我完成啦，我完成啦！
看他蓬頭垢面的樣子，多久沒回家啦？
沒辦法，他一旦開始實驗，就會一頭埋入，完全顧不上打理自己。

蓬頭垢面的由來，出自於王莽的一段故事。王莽為漢元帝皇后的侄子，幼時喪父。他對伯父王鳳極為恭順，為了照顧生病的王鳳而累得蓬頭垢面，使得王鳳極為感動，臨死前將他託付給王太后。

婀娜多姿

釋義

婀娜（ㄜ ㄋㄨㄛˊ）：柔美。形容儀態柔美的樣子。

出處

古樂府《孔雀東南飛》：「四角龍幡，婀娜多姿隨風傳。」

三國曹魏．曹植〈洛神賦〉：「華容婀娜，令我忘餐。」

造句

她從小就開始練舞，舞姿婀娜多姿，十分動人。

近義詞

丰姿綽（ㄔㄨㄛˋ）約、千嬌百媚

反義詞

醜態百出、搔首弄姿

三國時期，曹操的兒子曹植才氣過人、出口成章。
有一次，曹植從京城返回封地時，夜宿在洛水河畔。
睡覺了，希望有個好夢。
Z Z
太美啦！這女子婀娜多姿，肯定是傳說中的洛神。
感覺靈思泉湧，我要做一首賦。
曹植有感而發，寫下名作《洛神賦》。

《孔雀東南飛》，樂府詩，與《木蘭詩》並稱樂府雙璧。內容記敘劉蘭芝與焦仲卿夫婦被迫分離，後來雙雙自殺。除了控訴封建禮教的無情，還歌頌愛情的堅貞不移。

她應該就是今天生日舞會的主角。
真是儀態萬方，美麗動人。

儀態萬方

釋義

儀態：姿態，容貌；萬方：多方面。形容人的容貌、姿態各方面都很美。

出處

漢．張衡〈同聲歌〉詩：「素女為我師，儀態盈萬方。」

造句

出席頒獎典禮時，她儀態萬方地走上紅毯，吸引了眾人目光。

近義詞

儀態萬千、窈窕淑女

反義詞

醜態畢露、扭扭捏捏

張衡，東漢時期科學家、文學家。其科學成就非常高，製作了表現天體的渾天儀、發明能夠探測震源方向的地動儀和指南車。另外創作了漢賦名篇，被列為「漢賦四大家」之一。

健步如飛

釋義

健步：腳步快而有力。步伐矯(ㄐㄧㄠˇ)健，跑得飛快。

出處

清．蒲松齡《聊齋志異．鳳陽士人》：「麗人牽坐路側，自乃捉足，脫履相假，女喜著之，幸不鑿枘(ㄖㄨㄟˋ)，複起從行，健步如飛。」

造句

爺爺已經九十歲了，然而走起路來健步如飛，連我也追不上。

近義詞

大步流星、急若流星

反義詞

鵝行鴨步、蝸行牛步

我們今天要加油，目標是攻頂！
好、好累，我先休息一下。
少年仔，要加油喔～
他們太厲害了。
健步如飛啊！

《聊齋志異》為清朝蒲松齡所著，文言短篇小說集。全書共 496 篇，內容十分廣泛，多談狐仙、鬼、妖，然而鬼比人還來得有情有義，諷刺了當時中國的社會面貌。

老態龍鍾

釋義

龍鍾：行動不靈便。形容年老體衰，行動不靈便。

出處

唐．李端〈贈薛戴〉詩：「交結漸時輩，龍鍾似老翁。」

宋．陸游〈聽雨〉詩：「老態龍鍾疾未平，更堪俗事敗幽情。」

造句

看到奶奶老態龍鍾、腳步不穩的樣子，不禁有些鼻酸。

近義詞

步履蹣跚105、頭童齒豁ㄏㄨㄛˋ

反義詞

返老還童、生氣勃勃

南宋愛國詩人陸游，一生主張北伐收復故土，滿腔愛國熱忱。
這雨聲太大了，再難入睡……
唉……我這把身骨老態龍鍾，根本再難以做出什麼事情了。

陸游，字務觀，號放翁，南宋愛國詩人。一生筆耕不輟，有許多作品傳世。曾和前妻唐婉有著一段刻骨銘心的感情經歷，創作的《釵頭鳳》、《沈園二首》皆是悼念前妻。

慢條斯理

釋義

原指説話做事有條有理，不慌不忙。現也形容説話做事慢騰騰，不慌不忙。

出處

元．王實甫《西廂記》第三本第二折金聖歎批：「寫紅娘從張生邊來入閨中，慢條斯理，如在意如不在意。」

造句

這對情侶，一個慢條斯理，另一個是急性子，所以總是產生摩擦爭執。

近義詞

從容不迫、不慌不忙

反義詞

暴跳如雷、心急如焚

趕快吃一吃。
快點快點，你們上學要遲到了。
媽，都要出門了，弟弟還慢條斯理的吃早餐！
這孩子……

《西廂記》，最早取材於唐代詩人元稹ㄓㄣˇ所寫的傳奇《會真記》（又名《鶯鶯傳》），後被元代王實甫改編為雜劇。內容講述了崔鶯鶯與張生克服困難，最後有情人終成眷屬的故事。

步履蹣跚

釋義

蹣(ㄇㄢˊ)跚(ㄕㄢ)：走路一瘸(ㄑㄩㄝˊ)一拐的樣子。形容走路腿腳不方便，歪歪倒倒的樣子。

出處

唐．皮日休〈上真觀〉詩：「天祿行蹣跚。」

造句

看到老人家步履蹣跚的樣子，旁人連忙上前扶持。

近義詞

一步一搖、步履維艱

反義詞

大步流星、健步如飛 102

不知不覺又加班到現在。
啊！今天是中秋節，我竟然忘了，得趕緊回家。
好久沒回家了，爸爸腿不好，走起來步履蹣跚的……
我以後要好好陪爸媽。

皮日休，字逸少，晚唐詩人。出身貧苦，同情人民，在黃巢起義時加入了起義軍，在軍中擔任翰林學士，但黃巢起義失敗以後，皮日休就不知所蹤了。與成語「其貌不揚」有關，見 P81。

躡手躡腳

釋義

躡（ㄋㄧㄝˋ）：放輕腳步走的樣子。也形容偷偷摸摸、鬼鬼祟祟（ㄙㄨㄟˋ）的樣子。

出處

清．曹雪芹《紅樓夢》第五十四回：「於是大家躡手躡腳，潛蹤進鏡壁去一看。」

造句

已是深夜時分，下班回來的姐姐躡手躡腳地回房間，就怕吵醒了爸媽。

近義詞

輕手輕腳、鬼鬼祟祟（ㄙㄨㄟˋ）

反義詞

大模大樣、大搖大擺

媽，你還沒睡？
何必躡手躡腳的，都敢這麼晚回家了！
我下次不敢了……
哼。

《紅樓夢》，曹雪芹所著，長篇章回小說，中國四大名著之一。全書共一百二十回，然而後四十回說法不一，有學者認為是補作續寫。因對此書的考證衆多，形成了「紅學」。

手舞足蹈

釋義

蹈：頓足踏地。兩手舞動，兩隻腳也跳了起來。形容高興到了極點。也指手亂舞、腳亂跳的狂態。

出處

《詩經・周南・關雎・序》：「永（詠）歌之不足，不知手之舞之，足之蹈之也。」

造句

她一拿到錄取通知，便高興地手舞足蹈起來。

近義詞

歡欣鼓舞、載歌載舞

反義詞

悶悶不樂、怏怏不樂

咿咿——呀！
妹妹是在跳舞嗎？
每次聽到這首歌，她就會忍不住手舞足蹈起來。

舞蹈，一種藝術形式，為人體配合音樂或節奏所作的各種姿態。最早的考古證據顯示：九千年前印度的賓姆貝特卡的岩石壁畫、公元前三千三百年埃及墓壁，皆有描繪舞蹈人物。

龍行虎步

釋義

舉止行動如龍虎而不凡。舊時形容帝王莊重威嚴的儀態，今形容人威武莊重的樣子。

出處

南朝梁．沈約等人著《宋書．武帝紀上》：「劉裕龍行虎步，視瞻不凡，恐不為人下，宜早為其所。」

造句

他走起路來如龍行虎步，氣勢不凡，想必是個大人物。

近義詞

器宇不凡、氣宇軒昂 097

反義詞

卑躬屈膝、低三下四

這天下從現在起就是我的了！
東晉權臣桓玄，發動叛亂，將政權攬在手中，進而稱帝。
我看劉裕此人龍行虎步，視瞻不凡，應當盡快除掉。
不可，此人於我還有用處。
啟稟陛下，劉裕兵臨城下。
當時應該除掉此人才對，悔不當初啊……
此後，劉裕代晉自立，定都建康，國號「宋」，史稱劉宋或南朝宋。

劉裕，宋武帝。曾為晉朝大將，討伐桓玄之亂，又伐平長江上游割據勢力，統一江南。但是後來代晉自立，定都建康，國號「宋」，史稱劉宋或南朝宋。

始齔之年

釋義

齔：讀作ㄔㄣˋ。小孩子到了換齒的年齡，約七、八歲。

出處

《列子．湯問》：「鄰人京城氏之孀妻，有遺男，始齔，跳往助之。」

造句

看著已是始齔之年的姪子，讓人不禁感嘆時光飛逝。

近義詞

齠始之年、齠齔之年

反義詞

垂垂老矣、行將就木

奶奶，我掉了一顆牙齒！
哎呀，你都長大了，已經是始齔之年啦！
什麼是始齔之年啊？
就是你現在換牙的年紀呀。

幼童年齡代稱：在各個重要年齡階段，都有不同的借代稱謂，如「襁褓」是不滿周歲的嬰孩、「孩提」是兩三歲幼童、「始齔」是七八歲小童，「總角」、「垂髫」則是童年的泛稱等，仍有些沿用至今。

黃髮垂髫

釋義

黃髮：老年人頭髮由白轉黃；垂髫：古時童子在加冠前不束髮。指老人與兒童。

出處

晉．陶潛《桃花源詩並記》：「男女衣著，悉如外人；黃髮垂髫，並怡然自樂。」

造句

這座與世隔絕的小村，民風純樸，黃髮垂髫皆怡然自得。

近義詞

黃童白叟、老老少少

晉太原中，武陵人，捕魚為業，緣溪行，……
老師，黃髮垂髫指得是什麼呢？
因為古時說老人家頭髮由白轉黃，代表高壽。所以黃髮是借指老人。
古時候，孩童在成年加冠之前，頭髮下垂的樣子。所以垂髫借指孩童。

借代，行文中不用本名，而另找其他名稱來代替。黃髮垂髫即是以事物的特徵或標幟代指人物。人物的代指例子：布衣（百姓）、紅顏（女子）、巾幗（女性）、鬚眉（男性）、紈褲（富貴子弟，後多有貶意為不知進取）。

請填妥後對折裝訂，直接投郵即可，免貼郵票。

請貼上8元郵票

晨星出版有限公司

407 台中市工業區30路1號

TEL：（04）23595820

e-mail：service@morningstar.com.tw

請對摺裝訂後寄出

姓　　名：＿＿＿＿＿＿＿＿＿＿＿＿＿＿＿＿＿＿＿＿

e-mail：＿＿＿＿＿＿＿＿＿＿＿＿＿＿＿＿＿＿＿＿

地　　址：□□□ ＿＿＿＿ 縣／市＿＿＿＿ 鄉／鎮／市／區 ＿＿＿＿ 路／街

＿＿＿＿ 段＿＿＿ 巷＿＿＿ 弄＿＿＿ 號＿＿＿ 樓／室

電　　話：＿＿＿＿＿＿＿＿＿＿＿＿＿＿＿＿＿＿＿＿

我要收到蘋果文庫最新消息　□要　□不要

我要成為晨星出版官網會員　□要　□不要

我是 □女生 □男生　　　　生日：＿＿＿＿＿＿＿＿

購買書名：＿＿＿＿＿＿＿＿＿＿＿＿＿＿＿＿＿＿

請寫下您對此書的心得與感想：

□我同意小編分享我的心得與感想至晨星出版蘋果文庫討論區。
（本社承諾絕不會將您的個人資料外流或非法利用。）

貓戰士鐵製鉛筆盒抽獎活動

請將書條摺口的蘋果文庫點數黏貼於此，集滿3顆蘋果後寄回，就有機會獲得晨星出版獨家設計「貓戰士鐵製鉛筆盒」乙個！

點數黏貼處

活動詳情 http://www.morningstar.com.tw

豆蔻年華

釋義

原指荳蔻開花的時光。後比喻少女十三、四歲的年齡。也作「荳蔻年華」。

出處

唐・杜牧〈贈別詩〉二首之一：「娉娉裊裊十三餘，豆蔻梢頭二月初。」

唐朝，詩人杜牧曾在揚州供職，後來離開揚州，臨行時贈詩給一位女子。
「娉娉裊裊十三餘，豆蔻梢頭二月初。」
「春風十里揚州路，卷上珠簾總不如。」世人便以豆蔻年華代稱少女。

造句

這群女孩正值豆蔻年華，朝氣蓬勃，感染了眾人。

近義詞

及笄年華、花樣年華

反義詞

風燭殘年、鶴髮雞皮

女子年齡代稱，如「金釵」是到了帶釵之年的十二歲、「破瓜」是十六歲、「雙十」是二十歲、「花信」是二十四歲、「待字閨中」則是指女子未嫁，而女子到了適婚年齡則稱「摽梅之年」。

弱冠之年

釋義

弱：年少；弱冠（ㄍㄨㄢˋ）：古代男子在二十歲時行冠禮。

出處

西漢・戴聖《禮記・曲禮上》：「二十曰弱冠。」

造句

這名年輕選手，在弱冠之年便拿下世界冠軍，後生可畏。

近義詞

加冠之年、及冠之年

反義詞

龐眉白髮、髮禿齒豁

這是在做什麼呢？
這是古代男子在弱冠之年會舉行的冠禮，表示已經成人了。

冠禮，又稱元服，古代男子未成年前束髮而不戴帽，長到二十歲時則舉行一種結髮加冠的禮節表示成年。與之相對應的女子成年禮被稱為「笄禮」，一般在女子十五歲時舉行。

而立之年

釋義 人到三十歲可以自立的年齡。後為三十歲的代稱。

出處 《論語．為政》：「吾十有五而志於學，三十而立，四十而不惑。」

造句 你已經是而立之年，該好好工作，而不是整天遊手好閒。

近義詞 壯室之年、年富力強

反義詞 年事已高、年老體衰

春秋時代，孔子在魯國不受重用，便帶著弟子們周遊列國。
在蔡國閒居時，孔子與弟子們談起自己的經歷。
唉……我十五而有志于學，三十而立，然而到現在要七十歲還沒看到仁政推行。
老師非常努力了，學生相信有一天能夠實現仁政的。

《論語．為政》，共二十四章。主要內容涉及孔子「為政以德」的思想，並自述了學習和修養的過程。「志學」是十五歲、「而立」是三十歲、「不惑」是四十歲、「知命」是五十歲，「耳順」是六十歲。

耄耋之年

釋義

耄(ㄇㄠˋ)：年紀約八、九十歲；耋(ㄉㄧㄝˊ)：年紀約七、八十歲。指年紀很大的老人。

出處

漢．曹操〈對酒〉詩：「人耄耋，皆得以壽終，恩澤廣及草木昆蟲。」

造句

可別小看這位耄耋之年的老人家，他可是武術界的泰山，寶刀未老。

近義詞

鮐(ㄊㄞˊ)背鶴髮、七老八十

反義詞

年輕力壯、春秋鼎盛

哇！
這個老爺爺好厲害啊。
老爺爺在我們這裡是個名人呢！耄耋之年卻仍是健壯。

老人年齡代稱，如「花甲」是六十歲、「古稀」是七十歲、「杖朝」是八十歲、「鮐背」是八十歲、「期頤」是百歲之人，「白首」、「皓首」、「黃髮」則通稱老年人。

舐犢情深

釋義

犢（ㄉㄨˊ）：初生的小牛。比喻父母疼愛子女的深重情意。

出處

南朝劉宋・范曄《後漢書・楊彪（ㄅㄧㄠ）傳》：「後（楊彪）子脩（ㄒㄧㄡ）（修）為曹操所殺，操見彪，問曰：『公何瘦之甚？』對曰：『愧無日磾先見之明，猶懷老牛舐犢之愛。』」

造句

他每天守在床前照料生病的孩子，舐犢情深的樣子，令人感動。

近義詞

慈烏反哺、羔羊跪乳

反義詞

忤（ㄨˇ）逆不孝、母沒（ㄇㄛˋ）不臨

三國時代，楊修在曹操麾下，才能出眾，還能夠揣摩曹操的心思。
雞肋。
這楊修實在太過聰明……不行，我得除了他。
曹操藉故處死了楊修。
啊……你為何變得如此消瘦？
楊修之父楊彪
看到田間的牛兒舐犢情深的樣子，教我如何不想念我兒呢……

楊修，字德祖，袁術外甥，太尉楊彪之子，出身高門士族。擔任丞相曹操的主簿，負責內外之事，相當會揣摩曹操的心思。《世說新語・捷悟篇》記載了楊修才思敏捷的故事四則。

綵衣娛親

（子女對父母）

釋義

老萊子性至孝，年七十，為了逗父母開心而穿著五色彩衣，扮作嬰兒。後用以比喻孝養父母。

出處

漢．劉向《列女傳》：「老萊子孝養二親，行年七十，嬰兒自娛，著五色彩衣。」

造句

他為了讓父母開心什麼事都會做，綵衣娛親、樂此不疲。

近義詞

戲綵娛親、承歡膝下

反義詞

大逆不道、孤犢觸乳

真的是老了，都感覺走不動路了。
我想我們的日子也不多了。
不知道有什麼法子能讓父母開心起來……有了！
爹、娘，看看我。
世人都說老萊子綵衣娛親是為至孝。
哈哈哈哈哈，這是什麼裝扮。

老萊子，姓萊，但已失去其名，所以叫他為老萊子，春秋時代楚國人，為《二十四孝》之一的人物。《二十四孝》，是元代郭居敬所編錄，內容講述歷代孝子。

鶼鰈情深（夫妻）

看他們鶼鰈情深的樣子，真是令人羨慕。
你有我這麼好的男朋友還羨慕別人？

釋義

鶼(ㄐㄧㄢ)：比翼鳥；鰈(ㄉㄧㄝˊ)：比目魚。夫婦深情厚愛，感情融洽。

出處

《爾雅・釋地》：「東方有比目魚焉，不比不行，其名謂之鰈；南方有比翼鳥焉，不比不飛，其名謂之鶼鶼。」

造句

他們夫妻的感情融洽，鶼鰈情深，令人羨慕。

近義詞

比翼連枝、伉(ㄎㄤˋ)儷(ㄌㄧˋ)情深

反義詞

連理分枝、覆水難收 121

鶼鰈，分別所指的是中國古代傳說中的鳥、魚。「鶼」僅一目一翼，雌雄須並翼飛行，又名比翼鳥；而「鰈」一定要兩條緊貼著對方才能行動，又名比目魚。

莫逆之交（友情）

釋義

心意相投、至好無嫌的朋友。

出處

語本《莊子．大宗師》：「子祀、子輿、子犁、子來……四人相視而笑，莫逆於心，遂相與為友。」

造句

此生若能有一個莫逆之交，死而無憾。

近義詞

刎頸之交、管鮑之交

反義詞

一面之交、泛泛之交

叔叔，您是爸爸最好的朋友，還請保重身體。
我與你爸爸從小就認識……
一起上過戰場、結婚生子，歷經各種事情。
失去如此莫逆之交，教我如何不傷心……

莫逆之交的由來，出自莊子講的故事：戰國時期，子祀、子輿、子犁、子來聚在一起談論哲理，四人的想法一致，覺得莫逆於心，就相互結為好朋友。

刻骨銘心

釋義

形容感激在心，永難忘懷。

出處

唐・李白《上安州李長史書》：

「深荷王公之德；銘心刻骨。」

造句

在我落難的時候，你對我伸出援手，此份恩情刻骨銘心。

近義詞

沒齒不忘、銘諸肺腑

反義詞

過眼雲煙、浮光掠影

唉……相愛卻不能在一起。
那個時代的父母之命難違。
他竟然終生不娶。
嗚……
真是刻骨銘心的愛情故事啊！
是呀。

《上安州李長史書》，是一封自薦書。由唐代詩人李白寫給李（京之）長史，內容期望得到賞識。在這之前，李白曾經得罪李長史，但李長史原諒了他，所以得此恩情銘心刻骨。

恩斷義絕

釋義

感情破裂。

出處

元・馬致遠《任風子》第三折：「咱兩個恩斷義絕，花殘月缺，再誰戀錦帳羅幃。」

造句

他們從前是患難與共的兄弟，如今卻為了錢而恩斷義絕。

近義詞

反目成仇、一刀兩斷 122

反義詞

難兄難弟、情深義篤

他們最近感覺怪怪的，本來不是很要好嗎？
對呀！聽說從學生時代起就是好朋友。
還上同一間大學、進同一家公司到現在……
那為什麼吵架了？
為了競爭同一個職位，兩人鬧得不可開交。
就此恩斷義絕了嗎？真是可惜啊……
嗯嗯。

馬致遠，字千里，號東籬。元代初期雜劇作家，與關漢卿，白樸，鄭光祖並稱「元曲四大家」。擅長描寫景色，其《天淨沙・秋思》一曲是寫景的代表作。

覆水難收

釋義

已經潑出去的水很難收回。後比喻離異的夫妻很難再復合或既定的事實很難再改變。

出處

南朝劉宋・范曄《後漢書・何進傳》：「國家之事，亦何容易？覆水不可收，宜深思之。」

宋・王楙《野客叢書》：「若言離更合，覆水定難收。」

造句

你們要考慮清楚，不然簽了離婚協議書，覆水難收。

近義詞

破鏡難圓、木已成舟

反義詞

破鏡重圓、重修舊好

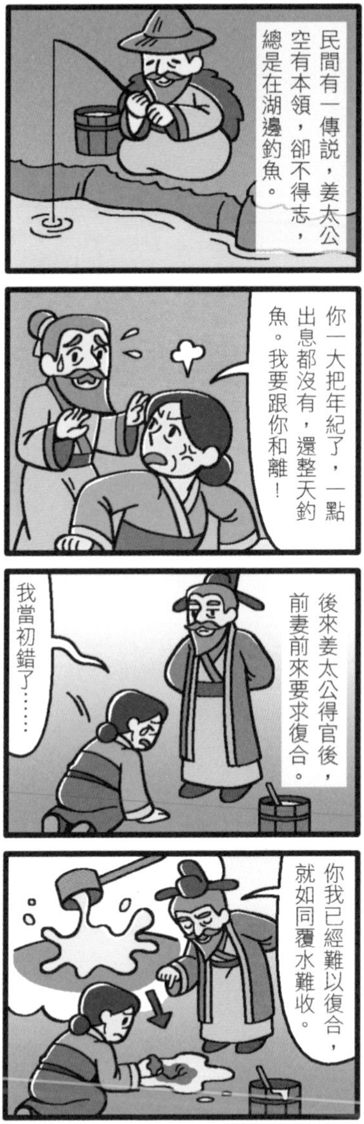
民間有一傳說，姜太公空有本領，卻不得志，總是在湖邊釣魚。
你一大把年紀了，一點出息都沒有，還整天釣魚。我要跟你和離！
後來姜太公得官後，前妻前來要求復合。
我當初錯了……
你我已經難以復合，就如同覆水難收。

姜太公，史冊記載的名字眾多，以太公稱之。是周文王、周武王的軍師，輔佐有功。傳說在商朝末年時，太公在渭水釣魚以期明主，是「姜太公釣魚——願者上鉤」的由來。

一刀兩斷

釋義

將東西一刀斬為兩段。比喻堅決徹底地斷絕關係，也形容果斷。

出處

唐・寒山〈詩〉三〇三首之二四一：「男兒大丈夫，一刀兩段截。人面禽獸心，造作何時歇。」

造句

自從那件事情過後，我們便一刀兩斷，再也沒有往來。

近義詞

劃清界限、薪盡火滅

反義詞

藕斷絲連、舉棋不定

你為什麼要去做壞事呢，真是氣死我了！
媽……
媽，我錯了，希望你趕快好起來。
你很久沒跟我們一起玩了，別管你媽媽了。
我從今天起與你們一刀兩斷，不要再來找我了。

寒山，唐代著名高僧，姓名和生卒年不可考。與拾得、豐干一起隱居於天台山國清寺，被譽為「國清三隱」。詩風蘊含禪宗的哲理，日本「俳聖」松尾芭蕉深受其影響。

哼！
你這個想法爛透了！
你的更糟！
你們為什麼總是見面就吵架，彼此互不相讓？
因為他踩傷了我心愛的小倉鼠，我與他有不共戴天之仇。
誰教你帶倉鼠來……

不共戴天

釋義

戴：加在頭上或用頭頂著。不願和仇敵在一個天底下並存。比喻仇恨極深，勢不兩立。

出處

西漢・戴聖《禮記・曲禮上》：「父之讎（仇），弗與共戴天。」

造句

你們常常一言不和就打架，難道是有什麼不共戴天之仇嗎？

近義詞

水火不容、勢如冰炭

反義詞

禮尚往來、和睦與共

《禮記》，記述中國典章制度的書，其成書年代及作者說法不一。據說西漢學者戴德先編《大戴禮記》，後來姪子戴聖刪減，又稱《小戴禮記》，也就是流傳至今的《禮記》。

分道揚鑣

釋義

揚鑣（ㄅㄧㄠ）：驅馬前進。意思是分開道路前進，比喻各奔前程，各做各的事。

出處

北齊．魏收《魏書．卷一四．河間公齊》：「洛陽我之豐沛，自應分路揚鑣。自今以後，可分路而行。」

魏晉南北朝時，御史中尉李彪與洛陽令元志在路上相遇，卻互不相讓。
我是御史中尉，官職比你大多了，還不給我讓路？
偏不讓。
兩人爭論不休，請孝文帝評判對錯。
你們都是我的臣子，以後分道揚鑣就不用避讓了。
哼！以後別再讓我看到你。
哼！我才是。

造句

既然我倆的理念不同，那麼往後就分道揚鑣、各奔東西。

近義詞

各奔東西、背道而馳

反義詞

並行不悖（ㄅㄟˋ）、齊頭並進

孝文帝，元宏，本姓拓跋。祖母馮太后是漢人，受此影響推行漢化政策：遷都洛陽，改說漢語、穿漢服、改漢姓。為人寬厚，面對手下大臣的矛盾，還居中協調，所以產生「分道揚鑣」成語。

席不暇暖

釋義

席：坐席；暇：空閒。席子還沒來得及坐熱就起來了。後形容很忙，多坐一會兒的時間都沒有。

出處

西漢．劉安《淮南子．修務訓》：「孔子無黔突，墨子無暖席。」

唐．韓愈《爭臣論》：「孔席不暇暖，而墨突不得黔。」

老師請喝茶，等等還有分享會。
老師，外面有採訪，另外還有賓客來訪。
好的。
老師真是忙得席不暇暖，沒坐一會兒就得趕場了。

造句

這陣子接了大訂單，大家都忙得席不暇暖，人仰馬翻。

近義詞

應接不暇、日理萬機

反義詞

無所事事、好逸惡勞

黔突暖席，暖席所指的是孔子為了鼓吹他的治國之道，周遊各國，因此席不暇暖；黔突則是指墨翟為了宣揚「非戰」主張，奔走各國，灶突尚未熏黑，又匆匆地離開了。

櫛風沐雨

釋義

櫛（ㄐㄧㄝˊ）：梳頭髮；沐：洗頭髮。以風梳髮，以雨沐浴。比喻不避風雨，奔波勞苦。

出處

《莊子．天下》：「沐甚雨，櫛疾風。」

造句

我們要感恩現在所擁有的便利，因為這是不知名的英雄櫛風沐雨的成果。

近義詞

披星戴月 128、風餐露宿

反義詞

百無所成、曠廢隳（ㄏㄨㄟ）惰

傳說堯舜時，江河氾濫，把田地和房子都沖毀，大禹擔起了治河的重任。
大禹與人們一起開通水道，勞苦奔波，餓得腿上無肉，汗毛也被磨光。
不僅如此，還要淋著雨、冒著強風不斷地工作，希望早日平定洪水。
墨子稱禹「櫛風沐雨」，要求後世的墨家把自身清苦看作是行為準則。

大禹，姒（ㄙˋ）姓，夏后氏，後世尊稱為大禹，遠古時期中國神話人物。因成功治理洪水之患，三過家門而不入的故事而廣為人知。傳說中，禹是中國歷史上第一個國家夏朝的開創者，

鞠躬盡瘁

釋義

鞠躬，彎身以示敬慎。盡瘁(ㄘㄨㄟˋ)，竭盡辛勞。鞠躬盡瘁指不辭辛勞，盡力於國事。

出處

三國蜀・諸葛亮《後出師表》：「臣鞠躬盡瘁，死而後已。至於成敗利鈍，非臣之明所能逆（睹）也。」

造句

諸葛亮為了蜀國鞠躬盡瘁，貢獻良多。

近義詞

殫精竭慮、嘔心瀝血

反義詞

敷衍塞責、馬馬虎虎

三國時代，劉備在臨死前，託付丞相諸葛亮完成大業。
為了完成大業，他前後六次北伐。然而都不敵曹魏。
在最後一次北伐前，諸葛亮寫下了《後出師表》，向劉禪表明決心。
臣鞠躬盡瘁，死而後已。

《出師表》，諸葛亮北伐前上呈給劉禪的奏章。南宋謝枋得《文章軌範》引用安子順之說：「讀《出師表》不哭者不忠，讀《陳情表》不哭者不孝，讀《祭十二郎文》不哭者不慈」。延伸故事可見P165、P179。

披星戴月

釋義

形容早出晚歸或連夜趕路。有辛苦勞頓之意。

出處

《呂氏春秋．察賢》：「宓子賤治單父，彈鳴琴，身不下堂，而單父治。巫馬期以星出，以星入，日夜不居，以身親之，而單父亦治。」

造句

由於家庭的重擔都在他身上，他每天披星戴月地工作。

近義詞

櫛風沐雨 126、早作夜息

反義詞

垂衣拱手、鳴琴而治

春秋時代，宓不齊擔任縣官時，總是一邊彈琴，一邊吩咐下屬辦理事務，卻治理的相當好。
後來巫馬期接任他的職位，每天披星戴月的工作，才把地方治理好。
為何你每天彈琴，卻能把地方治理的很好，還一點都不辛苦？
因為我懂得任用人才，而你每件事情都要自己去做，自然辛苦。

宓不齊，字子賤，中國春秋時期人，孔子弟子。曾任單父宰（官名），當時用無為而治的方法來治理，後來接任的巫馬期還向他請教。與成語「鳴琴而治」有關，比喻政簡刑輕，無為而治。

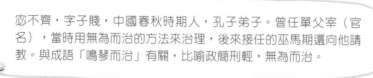

衣不解帶

釋義

解帶：解開衣帶，指脫衣。因事過度操勞，以致不能脫衣安睡。也形容看護病人十分辛勞（多指對長輩）。

出處

唐・房玄齡等人合著《晉書・卷八十四・殷仲堪傳》：「父病積年，仲堪衣不解帶。」

造句

他為了照顧病重的父親，經常衣不解帶、目不交睫。

近義詞

日不交睫、疲於奔命

反義詞

甩手掌櫃、眠不覺曉

爸爸睡著了。
噓～爸爸太累了。
我已經好久沒跟爸爸說話了。
阿嬤生病了，爸爸要在醫院跟公司兩頭跑，這陣子忙到衣不解帶。
爸爸醒了！
阿嬤的身體好轉了，過陣子再帶你去玩。老婆也辛苦了。

殷仲堪，出身士族，善清談。曾任荊州刺史，鎮守江陵，後為桓玄所殺。劉義慶《世說新語・德行》提及殷仲堪平素儉樸、安貧樂道，是一個克己奉公、廉潔自律的人。

錦衣玉食

釋義

華美的衣食。用以形容豪華奢侈的生活。

出處

北齊·魏收《魏書·卷八十二·常景傳》：「錦衣玉食，可頤其形。」

造句

他從小就過著錦衣玉食的生活，現在落魄了，很難由奢入簡。

近義詞

嬌生慣養、窮奢極侈

反義詞

節衣縮食、粗衣糲食

別看他現在這樣，他以前可是過著錦衣玉食的生活。
不過家裡突然破產，打擊太大，所以一直沒能振作起來。
希望他能早點振作起來。

《魏書》，記載了北魏王朝興亡史。魏收奉命編纂，但是含有個人情感，對記史不夠公正，甚至接受賄賂幫人修改美名。此書一出，被眾人罵為「穢史」，之後修訂兩次。

富可敵國

釋義

私人擁有的財富可與國家的資財相匹敵。形容極為富有。

出處

西漢．司馬遷《史記．佞幸列傳》：「『鄧氏錢』布天下。其富如此。」

造句

他投資紀錄從未失手，年紀輕輕的就已經富可敵國。

近義詞

金玉滿堂、富甲一方

反義詞

家徒四壁133、一貧如洗

西晉時，有個人名叫石崇，富可敵國。常常與晉武帝的舅舅王愷鬥富。
看。我這棵珊瑚樹可是有二尺高呀！
天呀，你竟然把它打碎了！
這沒什麼，我送你更好的。
哼，我又輸了。

石崇，西晉著名官吏。為人豪奢卻有著不凡的文藻，在西晉八王之亂時遭誣陷，後被處死。他在荊州搶劫當地商旅，從而致富。除了鬥富行為，還因擁用名伎綠珠為人所知。

寅吃卯糧

釋義

寅、卯：地支名。表示寅年就吃掉卯年的糧食。這一年吃了下一年的糧。比喻經濟困難，入不敷出的狀況。

出處

明．畢自嚴〈蠲錢糧疏〉：「大都民間止有此物力，寅支卯糧，則卯年之逋，勢也。」

造句

他拿到薪水後就不知節制，大肆購物，所以一到月底就過著寅吃卯糧的生活。

近義詞

入不敷出、左支右絀

反義詞

綽綽有餘、量入為出

有什麼事情嗎？
社長，能不能讓我預支下個月的薪水……
你該好好理財了，不能再這樣寅吃卯糧。
是。我知道了。

寅吃卯糧的由來，出自〈蠲錢糧疏〉。文中說到政府不斷加重稅賦，地方官員為交差，就轉向百姓搜括，而物資有限，導致寅年動支了卯年之糧，最後惡性循環，越欠越多。因此，畢自嚴上奏建議免除舊的欠款，解決問題。

家徒四壁

釋義

徒：只。家裡只有四面的牆壁。形容十分貧困，一無所有。

出處

東漢・班固《漢書・司馬相如傳上》：「文君夜亡奔相如，相如乃與馳歸成都，家居徒四壁立。」

造句

因為資金周轉不靈，公司破產，如今的他家徒四壁，窘迫不堪。

近義詞

一貧如洗、環堵（ㄉㄨˇ）蕭然

反義詞

富可敵國 131、腰纏萬貫

這孩子真是優秀。
是呀。我常常看到他在努力讀書。
即使家徒四壁，也樂觀地奮發向上。
肯定會出人頭地的。

司馬相如，本名犬子，因慕藺相如之人，故更名相如，字長卿。西漢大辭賦家。其代表作品為《子虛賦》、《上林賦》。即使家徒四壁，但一曲《鳳求凰》，使得卓文君當夜與他私奔到成都。

阮囊羞澀

釋義

晉代阮孚自稱錢袋中空無一物。後用以形容自己貧困窘乏，一無所有。

出處

宋・陰時夫《韻正群玉・陽韻・一錢囊》：「阮孚持一皂囊，游會稽。客問：『囊中何物？』曰：『但有一錢看囊，恐其羞澀。』」

造句

為了應付各種交際應酬，這個月已經阮囊羞澀，無法再應邀前往聚會。

近義詞

囊空如洗、四壁蕭條

反義詞

家財萬貫、豐衣足食

東晉時，竹林七賢之一的阮咸，有個兒子名叫阮孚，過著貧窮的生活，卻自由自在。
你的袋子裡面裝了什麼呢？
我只裝了一文錢，以免它空空的太難為情。
到了唐代，杜甫的詩：「囊空恐羞澀，留得一錢看。」就是用阮孚的故事來描述自己窮困的生活。

阮孚，字遙集，父親為竹林七賢之一的阮咸。東晉大臣。因為繼承父親和叔祖的任性曠達，所以當時的人給予阮孚「誕伯」的稱號。阮孚酷愛飲酒，是飲酒史上「兗州八伯」之一。

粗茶淡飯

釋義

粗糙簡單的飲食。

出處

宋・黃庭堅〈四休居士詩并序〉詩：「粗茶淡飯飽即休，補破遮寒暖即休。」

造句

只要家人和樂、身體健康，即使是粗茶淡飯也很幸福。

近義詞

家常便飯、粗衣糲食

反義詞

山珍海味、珍饈佳餚

怎麼不是果汁？
只有蛋包飯啊？
不想吃。
我也不想吃。
別抱怨了，粗茶淡飯，健康又養生。

粗茶淡飯的由來，宋朝太醫孫昉幫人看病給藥，多不收謝禮，自號為四休居士，其意為：「粗茶淡飯飽即休，補破遮寒暖即休，三平二滿過即休，不貪不妒老即休。」表現出知足的生活態度。

椿萱並茂

釋義

香椿和萱草均長得很茂盛。比喻父母都健在。

出處

漢・牟融〈送徐浩〉詩：「知君此去情偏切，堂上椿萱雪滿頭。」

造句

你的家庭和樂，椿萱並茂，兒女雙全，還有什麼不滿足的呢？

近義詞

福祿鴛鴦、日月齊輝

反義詞

風木之思、皋魚之泣

爸爸，我們要去哪裡？
我們要回家慶祝爺爺奶奶的八十歲大壽。
媽媽，這個是什麼？
椿萱並茂
是別人送來的祝壽匾額。
古代傳說香椿長壽，用以象徵父親；而萱草可以忘憂，用以象徵母親。
原來是這樣，那我也要好好向爺爺奶奶拜壽。

椿萱，分別指椿樹和萱草二種植物。「椿」是一種長壽樹，古人盼望父親可以長壽；「萱」又名忘憂草，希望母親能夠忘卻憂愁。後來就以椿代指父親，以萱代稱母親。

琴瑟和鳴

釋義

琴與瑟兩種樂器所搭配出來的聲音非常協調。後以此比喻夫妻之間感情和諧融洽。

出處

《詩經・小雅・常棣》：「妻子好合，如鼓瑟琴。」

造句

他們結婚多年，感情依舊很好，夫唱婦隨、琴瑟和鳴。

近義詞

鳳凰于飛、比翼雙飛

反義詞

別鶴孤鸞（ㄌㄨㄢˊ）、鸞鳳分飛

琴瑟和鳴
為什麼紅包袋上要寫琴瑟和鳴呢？
這是祝福新人的賀詞，希望他們美滿幸福，感情和諧。

琴瑟，相傳是伏羲（ㄒㄧ）發明的兩種樂器，均由梧桐木製成，帶有空腔，絲繩為弦。兩者合奏起來音韻悠揚、動人心弦，也因此用來比喻夫妻之間融洽美滿的感情。

弄璋之喜

釋義

弄璋：古人把璋給男孩玩，希望他將來有玉一樣的品德。舊時常用以祝賀人家生男孩。

出處

《詩經・小雅・斯幹》：「乃生男子，載寢之床，載衣之裳，載弄之璋。」

造句

恭喜你有弄璋之喜，這份禮物是我的一點心意。

近義詞

熊夢徵祥、喜獲麟兒

反義詞

弄瓦之喜、玉燕鐘祥

爸爸，那個弟弟手上拿著什麼啊？
是玉喔～
古人會送玉璋給剛出生的男孩玩，希望他長大後能擁有如玉般的高貴品德，也就是弄璋之喜。
如果是我，比較希望兒子成為有如玉般肌膚的花美男呀。

弄璋與弄瓦，用以比喻生男、生女。「璋」指的是玉，讓兒子玩玉，是希望能有玉般的品德；「瓦」是紡車上的零件，給女兒玩瓦，則是希冀有好手工。

掌上明珠

釋義

明亮的珍珠放進手掌中以明珠比喻心愛的女兒。用於祝賀生女的題辭。

出處

晉．傅玄〈短歌行〉詩：「昔君視我，如掌中珠。」

造句

她從小到大受盡寵愛，是父母的掌上明珠。

近義詞

明珠入掌、喜獲千金

反義詞

夢熊之喜、天賜石麟

媽媽，表哥家也弄得太誇張了吧。
他們盼了孩子很多年，終於得此掌上明珠，當然非常開心。
像是捧在手上的珍珠嗎？
對喔～

掌上明珠的由來，晉代傅玄的樂府詩〈短歌行〉描述一名被拋棄的女子心境，詩中有「昔君視我，如掌中珠。何意一朝，棄我溝渠。」說情郎以前視我如捧在手掌上的明珠，如今卻將我拋棄。

鴻圖大展

釋義

充分實現宏偉遠大的計畫或抱負。也用於祝賀開業的題辭。

出處

唐・韓愈《為裴相公讓官表》：「啓中興之宏圖，當太平之昌曆。」

造句

他為了開店做了許多努力，如今終於是鴻圖大展的時候了。

近義詞

大展經綸、大有作為

反義詞

碌碌無為、庸庸碌碌

OPEN
鴻圖大展
恭喜恭喜，祝開業大吉，鴻圖大展。
謝謝，要不是有你們這群朋友，我也不會這麼順利開店。
OPEN
快去忙吧
改天我再請你們吃飯。

鴻，一種大鳥，體型較雁大，背頸灰色，翅黑色，腹白色。在中國古詩詞中，常以「孤鴻」、「哀鴻」借喻淒涼悲慘；而鴻雁是候鳥，被借喻為書信，如，鴻雁往返。

抱痛西河

釋義

子夏在西河時，因喪子而痛哭失明之事。後比喻喪子之痛。

出處

西漢・司馬遷《史記・仲尼弟子列傳》：「子夏居西河教授，為魏文侯師，其子死，哭之失明。」

造句

這對老夫妻年近七旬，如今卻面臨抱痛西河的打擊，令人唏噓。

近義詞

東門之痛、喪明之痛

反義詞

承歡膝下、晨昏定省(ㄒㄧㄥˇ)

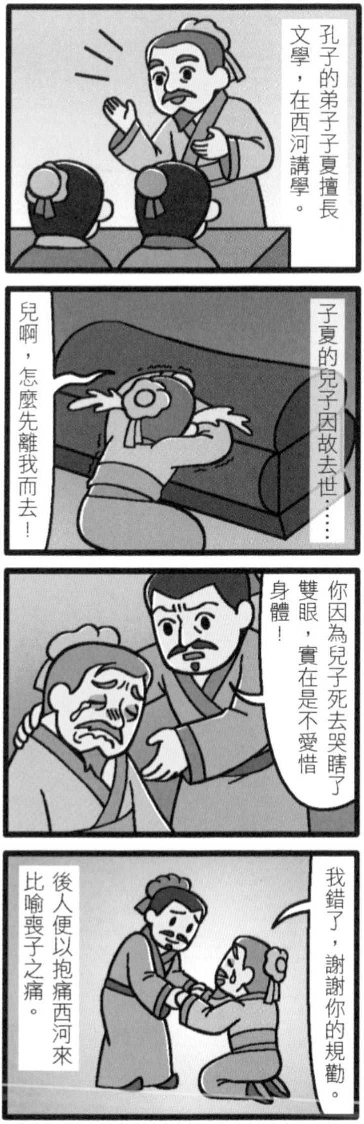
孔子的弟子子夏擅長文學，在西河講學。
子夏的兒子因故去世……
兒啊，怎麼先離我而去！
你因為兒子死去哭瞎了雙眼，實在是不愛惜身體！
我錯了，謝謝你的規勸。
後人便以抱痛西河來比喻喪子之痛。

卜商，字子夏，是孔子的著名弟子之一，因擅長文學而列孔門十哲。孔子去世後，子夏與同門子遊、仲弓等一起編定了《論語》的初稿本。晚年因喪子而哭瞎雙眼，後來離群索居。

泰山其頹

釋義

泰山：五嶽之首。頹（ㄊㄨㄟˊ）：崩壞、倒塌。哀悼德高望重的人去世。

出處

西漢．戴聖《禮記．檀弓上》：「孔子蚤（早）作，負手曳杖，消搖（逍遙）於門，歌曰：『泰山其頹乎，梁木其壞乎，哲人其萎乎。』」

造句

他的死如同泰山其頹，對國家是一大損失。

近義詞

大星殞（ㄩㄣˇ）落、泰山殞落

發生什麼事了？大家都很不對勁的樣子。
你看！
泰山其頹，舉國哀傷

泰山其頹的由來：春秋戰國時，病重的孔子有一天清晨起來，手拄拐杖，走到門外，唱道：「泰山要塌了、棟梁要壞了，棟梁即將折斷！哲人就要枯萎了！」原來是他通過夢境，預知自己將死。七天後，孔子去世。

駕鶴西歸

釋義

比喻人死。多用於輓辭。

出處

漢．劉向《列仙傳》：「王子喬者，周靈王太子晉也。……三十餘年後，求之於山上，見柏良，曰：『告我家，七月七日，待我於緱氏山巔。』至時，果乘白鶴駐山頭。望之不得到，舉手謝時人，數日而去。」

造句

他已經纏綿病榻多年，最後仍不敵病魔，駕鶴西歸。

近義詞

駕鶴仙遊、與世長辭

反義詞

壽比南山、壽元無量(ㄌㄧㄤˋ)

你畫這個要做什麼？
我在做卡片給爺爺啊！
駕鶴西歸不能亂用啦，這是指人過世的說法。

駕鶴西歸的由來：東周春秋時期，周靈王的太子王子喬，英年早逝，無緣王位。在道教的傳說裡，有人看見他乘坐白鶴停留在山巔，後來駕鶴離去，被後人塑造為仙人。後以「駕鶴西歸」比喻人在世上修練圓滿而升天。

溘然長逝

釋義

溘（ㄎㄜˋ）：突然。指人忽然死去。

出處

清・梁啓超《飲冰室詩話》：「乃歸未及一月，竟溘然長逝，年僅逾弱冠耳。」

造句

昨天還看到他，沒想到今早就傳出他溘然長逝的消息，令人悲痛不已。

近義詞

撒（ㄙㄚ）手人寰（ㄏㄨㄢˊ）、一瞑（ㄇㄧㄥˊ）不視

反義詞

龜鶴遐壽、長命百歲

這就是大師最後的作品。
可惜尚未畫完就溘然長逝。
唉……我們永遠都不知道這幅畫的完成樣子。

《飲冰室詩話》，作者梁啓超。清朝末年，提倡君主立憲的梁啓超在戊戌（ㄒㄩ）政變後逃亡日本，創辦了《新民叢報》半月刊，而《飲冰室詩話》即連載於該刊，後來被編訂成書。

音容宛在

釋義

追憶死者的聲音、容貌，彷彿是仍舊存在的樣子，是哀輓的用語。

出處

唐・李翱《祭吏部韓侍郎文》：「遺使祭斝ㄐㄧㄚˇ，百酸攪腸，音然宛在，曷日而忘？」

造句

雖然她已經過世多年，但音容宛在，我們永遠懷念她。

近義詞

風範猶存、英風宛在

反義詞

龜齡鶴算、日月同輝

音容宛在
她的聲音總是充滿活力。
笑容很明朗，感染身邊的人。
明明是這麼好的一個人……。
別哭了，我們還要幫忙她的家人呢！
對，大家要笑著往前。

《祭吏部韓侍郎文》，作者為李翱，他悼念的韓侍郎，正是唐朝著名文學家韓愈。他與韓愈的關係介於師友之間，這篇祭文高度評價了韓愈的成就，並流露真摯的情感與思念。

白雲蒼狗

釋義

蒼：灰白色。浮雲像白衣裳，頃刻又變得像蒼狗。比喻事物變化不定。

出處

唐・杜甫〈可嘆〉詩：「天上浮雲如白衣，斯須改變如蒼狗。」

造句

回想起往事時，不禁感嘆世事變化如同白雲蒼狗。

近義詞

雪泥鴻爪、世事無常

反義詞

一成不變、一如往昔

唐朝時，杜甫友人王季友，家貧以賣鞋維生，卻好學不倦。
夫君，這樣的日子我實在無法過下去了。我們和離吧！
娘子……
後來王季友獲得賞識，順利當官，然而卻有謠言……
聽說他拋棄妻子，實在很可惡。
杜甫寫了首詩安慰王季友。
天上浮雲似白衣，斯須改變如蒼狗。

王季友，名徽，號雲峰居士，唐代文人。因為家貧而賣鞋子維生，妻子離他而去，後來終於一舉中第，高中狀元。與杜甫為好友，在王季友被誤會時，杜甫就作〈可嘆〉一詩為他鳴不平。

火樹銀花

釋義

火樹：火紅的樹，指樹上掛滿了燈；銀花：銀白色的花，指燈光雪亮。形容張燈結綵或大放煙火的燦爛夜景。

出處

唐·蘇味道〈正月十五夜〉詩：「火樹銀花合，星橋鐵鎖開。」

唐睿宗喜愛享樂，不管遇到什麼節日都會鋪張一番。
每年元宵節時，命人紮起二十丈高的燈樹。
此樹有五萬多盞燈，燈亮起時，非常壯觀，被稱為火樹。
蘇味道寫詩一首，描寫其火樹銀花景象。

造句

一年一度的國慶煙火，漫天火樹銀花，絢麗無比。

近義詞

燈燭輝煌、張燈結綵

反義詞

黑燈瞎火、昏天黑地

蘇味道，唐代政治家，年少時有才名，與李嶠，崔融，杜審言合稱「文章四友」。武則天時，為宰相數年，然而阿諛奉承、遇到事情總是不決策，被人譏為「模稜宰相」。

紫氣東來

釋義

傳說老子過函谷關之前，關令尹喜見有紫氣從東而來，知道將有聖人過關，果然老子騎著青牛而來。後用以比喻吉祥的徵兆。

出處

漢．劉向《列仙傳》：「老子西游，關令尹喜望見有紫氣浮關，而老子果乘青牛而過也。」

造句

他一向注重風水，因此在這裡擺了造景，希望紫氣東來。

近義詞

祥瑞之氣、鴻運當頭

反義詞

不祥之兆、大禍臨頭

傳說東周時期，函谷關關令尹喜，夜觀天象。
紫氣東來，必有聖人來到。
要把街道打掃乾淨，並焚香迎候聖人。
遵命。
關令尹喜叩見聖人。
我知道聖人必定是坐青牛車來的。
你知道我，我也知道你啊！
老子就留下來，寫出了彪炳後世的五千言《道德經》後才離關西去。
道德經

《列仙傳》，神仙傳記小說，成書時間與作者爭議頗多，現多認為是西漢史學家劉向所著。內容記載了從上古時代到秦漢期間，一共七十一位神仙，相當於神仙的人事檔案。

信口雌黃

釋義

雌黃：一種礦物。歪曲事實，任意批評。

出處

晉·孫盛《晉陽秋》：「王衍，字夷甫，能言，於意有不安者，輒更易之，時號口中雌黃。」

造句

他這個人成天信口雌黃，千萬別相信他的話。

近義詞

胡言亂語、強詞奪理

反義詞

信而有徵、言之鑿鑿

魏晉時期，王衍喜愛清談，不過……
今天我們來談談老莊思想……
莊子
可是您上次不是這麼說的。
改了，改了！我改變說法了。
總是如此改來改去。
根本是信口雌黃，不可信啊。

雌黃，一種小塊粒狀的黃色礦物，古代的紙為黃色，所以將其磨成粉末，用來塗改抄寫錯誤之處，類似現代的修正液功用。後因稱竄改文字為雌黃，所以引申為造謠。

平步青雲

釋義

平：平穩，穩當；步：登上；青雲：青天。指人一下子輕易登上很高的官位。

出處

西漢．司馬遷《史記．范雎蔡澤列傳》：「須賈頓首言死罪，曰：『賈不意君能自致於青雲之上。』」

造句

沒想到當年落魄的他，在一次轉機下，反而就此平步青雲。

近義詞

一步登天、青雲直上

反義詞

一蹶不振、一敗塗地

戰國時代，魏國有個人名為范雎，不得魏王的重用。
我想一展抱負，可惜得不到大王的青睞。
范雎有次隨著須賈到齊國去。
我非常欣賞你。還請先生留在齊國。
哼。竟然喜歡這傢伙。
須賈回國後，稟報宰相，說范雎私通齊國。范雎只得逃到秦國，秦王讓他當秦國的宰相。
范雎主張攻打魏國，魏王知道後很害怕，就派須賈去求和。
沒想到您平步青雲，當上宰相，我任憑您處置。

范雎，戰國時魏人，秦昭王時的宰相。當秦國開始圖謀吞併六國時，范雎提出了「遠交近攻」的策略，先逐步兼併鄰近國，同時與距離較遠的國家結盟，一步步統一天下。

直搗黃龍

釋義

黃龍府在今中國吉林省境內，宋朝時為金人的都城。比喻直接攻入敵人都城要地。

出處

元．托克托等人《宋史．岳飛傳》：「金將軍韓常欲以五萬眾內附。飛大喜，語其下曰：『直抵黃龍府，與諸君痛飲爾！』」

造句

足球場上，我們要鎖定目標，直搗黃龍，一舉勝利。

近義詞

犁庭掃穴、攻城奪地

反義詞

節節敗退、潰不成軍

南宋時期，抗金名將岳飛，不僅抵抗金兵有功，還收復許多失地。

精忠報國

戰區的百姓們無不歡欣，頂著盆，焚著香，迎候岳家軍的到來。
岳將軍啊，謝謝您救我們水火之難。
連連收復失地後，岳飛心中有一個壯志。
我們要深入敵軍，直搗黃龍府，之後與你們痛飲一場！
然而主和派不同意岳飛的作法，連發十二道金字牌班師詔，命令岳飛退兵。
班師回朝！

岳飛，字鵬舉，北宋末年抗金名將。民間說書人講述岳飛在投軍時，其母用針在岳飛的背後刺上「精忠報國」。正當岳飛節節勝利之際，卻被「莫須有」的罪名處死。

青出於藍

釋義

青：靛(ㄉㄧㄢˋ)青；藍：蓼(ㄌㄧㄠˇ)藍之類可作染料的草。青是從藍草裡提煉出來的，但顏色比藍更深。比喻學生超過老師或後人勝過前人。

出處

《荀子．勸學》：「青，取之于（於）藍而青于（於）藍。」

造句

名師出高徒，在您的指導下，想必這些學生是青出於藍。

近義詞

後起之秀、後來居上

反義詞

每況愈下、狗尾續貂

同學們，今天老師來說個故事。北魏時期，有一文人李謐，少時拜孔璠為師。
李謐此人十分好學，幾年後，學問就超越了老師孔璠。
他的老師孔璠不但不忌妒，還反過來向李謐請教。
同學們好好用功，老師也希望你們青出於藍！
是！

青色，在古代中國時，有時會表示不同顏色，如，在「青」出於藍中，表示深藍色的染料；草色入簾「青」代表綠色；朝如「青」絲暮成雪，則代表了黑髮。

惜墨如金

釋義

原意是作畫不到關鍵處，不用重墨，正像不虛擲（ㄓˊ）黃金一樣。後用來形容作畫、作文時不輕易下筆，力求精練。

出處

明．陶宗儀《輟耕錄》：「李成惜墨如金，是也。」

造句

他的作品不多，是因為惜墨如金，不願意寫出濫竽充數之作。

近義詞

執筆嚴謹、一絲不苟

反義詞

信筆塗鴉、率爾操觚（ㄍㄨ）

怎麼了？
唉，我要的畫冊已經全數賣光了。
怎麼一下子全部都賣光啦。
畢竟大師睽違五年才出新作品，自然全數銷售一空。
五年？這麼久才出。
大師惜墨如金，雖然作品不多，卻都是精品。
別跟我搶啊～
既然這樣，那我也要去買一本啦！

墨，書寫、繪畫的黑色顏料。墨是中國的文房四寶之一，以煤煙、松煙、明膠等原料製成。而現代人所用的墨汁則是在 1898 年由日本人田口精爾所發明的。

慘綠少年

釋義

本指身穿暗綠色衣服的少年。後用以指風度翩翩、意氣風發的青年才俊。

出處

唐・張固《幽閑鼓吹》：「客至，夫人垂簾視之，既罷會，喜曰：『皆爾之儔也，不足憂矣！末座慘綠少年何人也？』答曰：『補闕（ㄑㄩㄝ）杜黃裳。』」

造句

翻看著爸爸從前的照片，沒想到當年可是一位風采過人的慘綠少年呢。

近義詞

風流才子、倜儻（ㄊㄧˋ ㄊㄤˇ）之才

反義詞

肥頭肥腦、酒囊飯袋

唐德宗時，侍郎潘炎擔任翰林學士，極受恩寵。兒子孟陽剛被任命為戶部侍郎，潘夫人擔憂官場險惡。
兒啊，你把你的同僚都請來，讓我觀察觀察。
好的。
看過他們後，我就不擔心了。不過，那位慘綠少年是誰？
那人是杜黃裳。
此人與眾不同，器宇不凡，將來肯定是一代名相。

綠色，在古代中國代表著卑賤，這是因為自元代開始，娼妓之家要使用綠色，其親屬男子均要佩戴綠頭巾，此即「綠帽子」的由來。直到現代，賦予環保健康的意思，綠色的地位才上升。

大相逕庭

釋義

逕庭：懸殊。比喻相差很遠、截然不同。

出處

《莊子．逍遙遊》：「吾驚怖其言，猶河漢而無極也。大有逕庭，不近人情焉。」

造句

他們倆人的風格大相逕庭，不能放在一起比較。

近義詞

天差地別、截然不同

反義詞

大同小異、相差無幾

兄臺，幫我們看看誰畫的更勝一籌啊？
大相逕庭，這完全不能一起比較啊！

《莊子．逍遙遊》，莊子的代表作，被列為道家經典《莊子．內篇》的首篇。內容以鯤鵬展翅九萬里向南飛翔的寓言，來闡明自然無為、逍遙自在的哲學。

不分軒輊

釋義

軒：古代車前高起的部分。輊ㄓˋ：車後較低的部分。差距很小，分不出高下之意。

出處

南朝劉宋・范曄《後漢書・馬援傳》：「夫居前不能令人輊，居後不能令人軒……臣所恥也。」

看樣子今年又是不分軒輊啊。
來年再戰。

造句

他們的實力不分軒輊，鹿死誰手還很難說。

近義詞

伯仲之間、平分秋色

反義詞

判若天淵、高下立見

《後漢書》，是記載東漢歷史的紀傳體史書，由南朝劉宋時的范曄所著，而《前漢書》則是指班固所著的《漢書》。此書繼承紀傳體體例，還增加《黨錮列傳》記述東漢末期宦官專權。

旗鼓相當

釋義

比喻雙方力量不相上下。

出處

南朝劉宋・范曄《後漢書・隗囂傳》：「如令子陽到漢中、三輔，願因將軍兵馬，鼓旗相當。」

5
A 70
B 71
目前的比數，B隊領先一分。
A隊得2分，目前比數差距一分。
A 72
A 72
B 71
這兩隊實力旗鼓相當，很難分出勝負。

造句

這兩隊實力旗鼓相當，到了終場結束前都未能分出勝負。

近義詞

分庭抗禮、平分秋色

反義詞

獨占鰲頭、天淵之別

隗囂，東漢人。東漢初年，隗囂割據隴地，公孫述割據蜀地，自立為王，相互勾結，對抗朝廷。光武帝盤算著先與隗囂聯合對抗公孫述，因此寫信提及若兩方結盟，兵力可與公孫述「旗鼓相當」。

並駕齊驅

釋義

並駕：好幾匹馬並排拉著一輛車；齊驅：一齊快跑。比喻彼此的力量或才能不分上下，難以比出高下。

出處

南朝梁．劉勰《文心雕龍．附會》：「是以駟牡異力，而六轡如琴；並駕齊驅，而一轂統福。」

造句

經過多年努力，他的實力已經漸漸能和一流好手並駕齊驅。

近義詞

不分勝負、棋逢對手

反義詞

出類拔萃 046、卓爾不群

沒想到徒兒越來越厲害了。
師父與我對戰也感覺到不容易了吧。
和局。看樣子你已經能與我並駕齊驅了啊……

《文心雕龍》，文學理論和文學批評著作，作者劉勰，南朝人。劉勰不滿當時的文風只是一味追求詞藻華美，所以藉由此作矯正文風。全書五十篇，分為總論、文體論、創作論、批評論。

天壤之別

釋義

天與地相隔很遠。比喻雙方差別極大。

出處

晉・葛洪《抱朴子・內篇・論仙》：「趨捨所尚，耳目之欲，其為不同，已有天壤之覺（較），冰炭之乖矣。」

造句

他們倆人的家世有如天壤之別，要打破門戶之見結合是很困難的事。

近義詞

天淵之別、宵壤之別

反義詞

相去無幾、伯仲之間

大家請看這邊，這裡是這個國家最繁華的富人區。
真是豪華！
而另一邊則是貧民窟。
貧富差距有如天壤之別。
也差太多了。

《抱朴子》，是晉代葛洪編著的一部道教典籍。分為內外篇，內篇主要論述神仙、煉丹、符籙等事；外篇則是生平自述，以及談論社會上的各種事情。

南轅北轍

釋義 欲往南方卻駕車向北行駛。比喻行動和目的彼此背道而馳。

出處 漢．劉向編訂《戰國策．魏策四》：「猶至楚而北行也。」

造句 他們的目的南轅北轍，所以即使討論再久，也無法達成共識。

近義詞 北轅適楚、高下懸殊

反義詞 如出一轍、毫無二致

你要往哪裡去呢？
我要到楚國去。
北
南
可是楚國在南方，你走的這個方向卻是北方。
不要緊，我的馬匹好，車夫駕駛技術也好，肯定能到達。
南轅北轍，這樣做只會離楚國更遠！

《戰國策》，史學名著。由漢朝劉向編訂，但此書的原作者不詳（非一時一地一人之作）。主要記述戰國時期的說客們言行，還包括縱橫家的政治策略與辯論技巧，反映政治、外交情況。

近在咫尺

釋義

八寸為咫，十寸為尺。近在咫尺形容彼此的距離很近。

出處

宋．蘇軾〈杭州謝上表〉二首之一：「而臣猥以末技，日奉講帷，凜然威光，近在咫尺。」

造句

我遍尋不到的東西，竟然就近在咫尺。

近義詞

咫尺之遠、眉睫之內

反義詞

天涯地角、關山迢遞

你有看到我的手機嗎？
近在咫尺，就在你正前方。
哈哈，原來在這裡。

古代的距離單位，是以人身體的某個部分或某種動作來命名表示的，如寸、咫、尺、丈、尋、常、仞等。「尺」與「咫」相當接近，後來則一起連用。

一衣帶水

釋義

一條衣帶那樣狹窄的水。指雖有江河湖海相隔，但距離不遠，不足以成為交往的阻礙。

出處

唐・李延壽《南史・卷一〇・陳後主本紀》：「隋文帝僕射高熲（ㄐㄩㄥˇ）曰：『我為百姓父母，豈可限一衣帶水不拯之乎？』」

造句

兩國之間一衣帶水，自當互相幫助，以免脣亡齒寒。

近義詞

一水之隔、一箭之地

反義詞

望衡對宇、天涯比鄰

南北朝後期，長江以北為北周，以南的為陳國。
北周
陳
北周的相國楊堅廢了周靜帝，自己當上了皇帝，建立隋朝。
隋文帝
我們與陳國僅隔著長江，哪能因為這樣一衣帶水的距離就不去呢？
皇上英明！
後來楊堅滅了陳朝，結束東晉以來三百年的分裂，統一中國。
隋

一衣帶水的「水」，所指的是長江。隋文帝建立了隋朝，而南方有陳朝。陳後主不理朝政，致使朝政敗壞，民不聊生，對此，隋文帝欲滅陳朝，統一天下。

比肩而立

釋義

肩並肩的靠立。比喻十分接近。

出處

漢．劉向編訂《戰國策．齊策三》：「寡人聞三千里而一士，是比肩而立，百世而一聖，若隨踵而至。」

造句

她在文學上的成就非凡，如今獲得了與名作家比肩而立的地位。

近義詞

摩肩擦踵、觸手可及

反義詞

相差懸殊、不遠萬里

大王，臣要向您引薦七個賢士。
淳于髡啊，我聽說千里之內有一位賢士，就算是並肩而立了。你一下推薦給我七個，不會太多嗎？
不對。世上萬物，物以類聚、人以群居。
賢
我屬於賢士一類，大王通過我求取賢士，何止七個人！

淳于髡，戰國時期齊國政治家、思想家，以滑稽多辯聞名，經常代表齊國出使各國。有許多成語與其有關，如杯盤狼藉、墮珥遺簪、樂極生悲、一鳴驚人等。

天各一方

釋義

形容分離後各居一地，相隔遙遠。

出處

漢・蘇武〈古詩四首之四〉詩：「良友遠離別，各在天一方。」

明・羅貫中《三國演義》：「先生此去，天各一方，未知相會却（卻）在何日？」

造句

自從搬到國外後，就與好友天各一方，難以相聚。

近義詞

山南海北、天涯海角

反義詞

薈萃一堂、歡聚一堂

三國時代，徐庶任劉備軍師，出謀獻策打敗曹軍。
可惡啊，有什麼法子可以除去徐庶？
主公，臣聽聞徐庶是個孝子，取其母字跡寫信給他，將他騙來許昌。
妙計！
兒啊，速來許昌相會。
啊……母親。
主公，老母親在許昌，臣不得不去。
先生此去，天各一方，不知相會卻在何日！

徐庶，字元直，原名福，出身寒門單家。在《三國演義》中是劉備旗下，卻被騙到曹操陣營，徐母因見徐庶中了詭計，憤而自殺。徐庶也因此痛恨曹操，終生沒有為曹操獻過一計。

天涯海角

釋義

偏僻或相距遙遠的地方。

出處

唐・韓愈《祭十二郎文》：「一在天之涯，一在地之角，生而影不與吾形相依，死而魂不與吾夢相接。吾實為之，其又何尤！彼蒼者天，曷其有極！」

造句

如果你需要幫助，不管天涯海角，我都會前去相助。

近義詞

嵩雲秦樹、蓬萊弱水

反義詞

近在眼前、百步行程

唐代文學家韓愈與年紀差不多的侄子感情非常要好。姪子小名為十二郎。
韓愈十九歲進京當官後，往後的十年間，因路途遙遠與事務繁忙，只與十二郎見過三次面。
我準備辭官回家鄉，這樣一來，也能夠跟十二郎團聚了。
然而十二郎卻在此時去世了。
祭十二郎文
一在天之涯，一在地之角，生而影不與吾形相依，死而魂不與吾夢相接……

《祭十二郎文》，唐代韓愈所作。十二郎是指韓愈的姪子韓老成，兩人自幼一起長大，感情特別深厚，突然得知死訊，倍受打擊。後人言：「讀韓愈《祭十二郎文》不墮淚者必不慈」。其中「天之涯，地之角」演變成「天涯海角」。

舉一反三

釋義

反：類推。舉一例就能類推知道其他類似的事情。

出處

《論語．述而》：「舉一隅不以三隅反，則不復也。」

造句

只要把核心道理融會貫通，就能舉一反三。

近義詞

一隅三反、觸類旁通

反義詞

似懂非懂、一竅不通

孔子
舉一隅，不以三隅反，則不復也。
如果我舉出一個牆角。
你們應該要聯想其餘的三個牆角。
不能舉一反三的人，我也不想教他了。

《論語．述而》，共三十八章。是後人在研究孔子和儒家思想時引述較多的篇章之一。主要內容涉及孔子的教育思想和學習態度，對於仁德的闡釋，以及其他思想主張。其中「一隅三反」，後來演變成「舉一反三」。

背水一戰

釋義

背水：背面著水，表示沒有退路。比喻抱著與敵人決一死戰的決心。

出處

西漢．司馬遷《史記．淮陰侯列傳》：「（韓）信乃使萬人先行，出，背水陳（陣）……軍皆殊死戰，不可敗。」

造句

贏了這場比賽，才有資格進軍全國大賽，大家背水一戰，全力一搏！

近義詞

破釜沉舟、濟河焚舟

反義詞

臨陣脫逃、落荒而逃

楚漢戰爭時，有一次韓信率漢軍越過太行山，向東攻打項羽的附屬國趙國。
跟著我退回水邊陣地！
大夥們，衝啊！
太好了，我們贏了。
兵法上都說不能背後臨水而戰，為何要退到水邊呢？
士兵無路可退，就會奮力背水一戰啊！

韓信，西漢開國功臣、漢初三傑之一。以卓絕的兵事流傳於世，蕭何譽為「國士無雙」。早年時不得志，即使面對胯下之辱，仍能隱忍下來。後來功高震主，被計謀所殺。

兩袖清風

釋義

衣袖中除清風之外，別無所有。比喻做官廉潔，也比喻窮得一無所有。

出處

元．陳基〈次韻吳江道中〉詩：「兩袖清風身欲飄，杖藜(ㄌㄧˊ)隨月步長橋。」

明．于謙《入京》詩：「清風兩袖朝天去，免得閭閻話短長。」

造句

他從政多年，不貪汙、不收賄，有著兩袖清風的操守。

近義詞

一清如水、廉潔奉公

反義詞

貪得無厭、宦囊飽滿

明朝官員于謙，非常廉潔。有一次，于謙準備進京辦事。
大人，聽聞進京都要備些物品，以孝敬權貴。
我只帶兩袖清風罷了！
什麼都沒有。
後來于謙因政變被處死，被抄家時，家中沒有值錢的物品。一生廉潔。

清官，中國民間對好官的稱呼，在史書裡面稱循吏、良吏、廉吏。北宋時，包拯以清廉公正聞名於世，所以被譽為「包青天」，古代小說《七俠五義》以他為主人公，諸多描寫。

朝三暮四

釋義

朝(ㄓㄠ)：早晨。原指使用騙術欺騙人。後用以比喻經常變卦，反覆無常。

出處

《莊子・齊物論》：「狙(ㄐㄩ)公賦芧，曰：『朝三而暮四。』眾狙皆怒。曰：『然則朝四而暮三。』眾狙皆悅。名實未虧而喜怒為用，亦因是也。」

造句

你做事常常不訂好目標、朝三暮四，難怪一事無成。

近義詞

朝秦暮楚、反覆無常

反義詞

墨守成規、一成不變

養了太多猴子，再這樣下去不行……
給你們的橡實，改成朝三暮四，可不可以呀？
那朝四暮三，這樣呢？
傻猴子，以為橡實變多了。

朝暮，古代用來指清晨與黃昏。「朝」，日出時分，卯時，指五點至七點。「暮」日落時分，酉時，下午五點至七點。常見於古詩詞中，另有從早到晚、無時無刻之意。

半斤八兩

釋義

半斤和八兩輕重相當。比喻彼此不相上下。

出處

《永樂大典戲文三種・張協狀元・第二八齣》：「兩個半斤八兩，各家歸去不須嗔。」

妳的房間太亂了，要好好整理！
你的房間也很亂，半斤八兩，今天都給我好好整理！
知道了。

造句

你們兩個半斤八兩，誰也別互相指責對方了。

近義詞

各有千秋、分庭抗禮

反義詞

相去懸殊、天差地遠

斤兩，八兩相當於現在的半斤，十六兩為一斤。到了民國以後，中國使用了市用制（一斤等於五百克）。而被割讓給日本的台灣則受日本尺貫法影響，訂一斤為六百克。

三頭六臂

釋義

原指佛的法相有三個頭，六條臂。比喻神通廣大之意。

出處

宋．釋道原《景德傳燈錄．卷十三．汾州善昭禪師》：「三頭六臂驚天地，忿怒那吒撲帝鐘。」

造句

他的工作十分辛苦，沒有三頭六臂的本領，是做不來的。

近義詞

神通廣大、呼風喚雨

反義詞

一籌莫展、困坐愁城

聽說她當媽媽了。
我覺得為人父母都好厲害啊！
就是說啊！
每天都要做很多事情。彷彿有三頭六臂的樣子。
真的好辛苦啊，我們還是先輕鬆個幾年吧……

三頭六臂的形象，以中國古代神話人物哪吒三太子的主要神通最為人知。小說《西遊記》描寫哪吒手持六個兵器：斬妖劍、砍妖刀、縛妖索、降妖杵、繡球兒、火輪兒。

七零八落

釋義

形容散亂不完整，以及稀少的樣子。

出處

宋．惟白《建中靖國續燈錄．卷六》：「無味之談，七零八落。」

造句

滿心籌備的表演會，來的觀眾卻是七零八落，非常冷清。

近義詞

亂七八糟、紊亂不堪

反義詞

井然有序、有條有理

下週日是我的小提琴獨奏發表會，請務必前來喔。
沒問題。
過了一週……
聽說你去參加他的音樂會，怎麼樣呢？
千萬別在他面前提啊！現場觀眾七零八落的，非常冷清。

成語中的數字，有些表示具體的數目，有些則是虛化的意思，需以文意解讀。成語中的「三」、「九」常代表多數、「四」、「八」則有全面的意思，而七八搭配，多是表示多且雜亂。

百口莫辯

釋義

莫：不能；辯：辯白。形容受了冤屈卻無法辯白。

出處

宋．劉過〈建康獄中上吳居父〉詩：「雖有百口而莫辯其辜。」

造句

面對突來的指責，他百口莫辯，沒辦法為自己澄清。

近義詞

有口難言、百喙莫辯

反義詞

真相大白、沉冤昭雪

我沒碰到，是它自己掉下來的。
真不好意思，是我們的貓闖禍了。
要不是有監視畫面，我還真是百口莫辯啊。

劉過，字改之，號龍洲道人，南宋詞人。主張抗金，詞風與豪放派辛棄疾相近，與劉克莊、劉辰翁有著「辛派三劉」之譽。與辛棄疾為莫逆之交，宋元筆記中就有多段二人交遊的逸事。

千篇一律

釋義

形容詩文或說話的內容重複，毫無變化；也比喻辦事按一個模式去做，非常呆板。

出處

南朝梁．鐘嶸《詩品．卷中》：「張公雖復千篇，猶一體耳。」

造句

每次演講的主題都千篇一律，令人昏昏欲睡。

近義詞

一模一樣、如出一轍(ㄔㄜˋ)

反義詞

迥然不同、變化多端

完成我第十本小說了！
這個作家的小說都是千篇一律的寫法，一點新意都沒有。

《詩品》，南朝梁鍾嶸所撰，品評詩歌的文學批評名著。此書將漢代至齊、梁時代的一百多名詩人，分為上中下三品。在此書中說晉朝張華經常模仿王粲，而評為「千篇一律」。

萬無一失

釋義

一萬次中，連一次錯誤也不會出現。指絕不會發生差錯。形容極有把握。

出處

西漢·司馬遷《史記·淮陰侯列傳》：「以此參之，萬不失一。」

造句

在開始這項活動前，需要仔細檢查，確保萬無一失。

近義詞

穩操勝券、十拿九穩

反義詞

百密一疏、漏洞百出

劉邦
韓信有功！我封你為齊王。
謝主公。
韓信
蒯通
大人，在下認為您不必跟隨劉邦，可自立為王呀！
跟隨劉邦最多只能封為諸侯，現在行動必定萬無一失。
這……
唉……可惜。
不妥。

「三分天下，鼎足而立」出自韓信的謀士蒯通。當時楚漢爭霸陷入對峙的時候，蒯通勸韓信可以自立為王，達到三分天下的局面認為此時出手，必定「萬無一失」。

危如累卵

釋義

危險得如同堆疊起來的蛋，隨時有倒下來打破的可能。比喻情況非常危險。

出處

《韓非子．十過》：「其君之危，猶累卵也。」

西漢．司馬遷《史記．范睢蔡澤列傳》：「秦王之國，危於累卵，得臣則安。」

造句

如果繼續放任這個問題下去，那麼國家的根基必定會受影響，危如累卵。

近義詞

間不容髮、千鈞一髮 178

反義詞

安如磐石、穩如泰山

春秋時代，晉靈公非常喜歡吃喝玩樂，還打算建造一座九層高台來享受。
來勸阻我的人一律格殺勿論！
大王，臣今天表演一個小小的技藝給您看。
太危險了！
建造九層高台會使國家便得窮困、人民困苦，根本是危如累卵啊！

晉靈公，姓姬、名夷皋，春秋時代晉國君主。幼年即位，由大臣趙盾輔政。但長大後，荒淫無道，許多大臣紛紛勸諫，其「危如累卵」就是大臣荀息勸戒的故事。而成語「董狐之筆」則與大臣趙盾有關。

燃眉之急

釋義

像火燒眉毛般緊迫。形容事態嚴重，情況危急。

出處

明．李開先〈亡妹盧氏婦墓志銘〉：「妹言：『吾所手製，將鬻之以救燃眉之急。』」

造句

幸好這位顧問提供的方法解了燃眉之急，但還是要繼續關注後續發展。

近義詞

急如律令、火燒眉毛

反義詞

不急之務、優游自得

明代時，文學家李開先，年少喪父，家貧。母親擔起所有的農事，妹妹也要操勞家事。
一天，李開先看到一名女商人來他家取走手工精細的枕頭套、繡花鞋。
那是別人家的東西嗎？
那是我做的，賣掉以解我們家的燃眉之急。
原來那是妹妹準備的嫁妝啊。往後我讀書有成，絕不忘今天之事。

墓誌銘，文體名。「誌」，記敘死者世系、名字、爵位及生平事蹟等；「銘」，多用韻文，表示對死者的悼念和讚頌。另外還有祭文、行狀的寫法。「燃眉之急」出自李開先緬懷亡妹的墓誌銘。

千鈞一髮

釋義

千鈞的重量繫掛在一根頭髮上。比喻情況非常危險、危急。

出處

東漢・班固《漢書・枚乘傳》：「夫以一縷之任，系千鈞之重，上懸無極之高，下垂不測之淵，雖甚愚之人，猶知哀其將絕也。」

造句

正當人人屏息觀看魔術表演，千鈞一髮之際，魔術師從水牢逃出生天。

近義詞

危急萬分、刻不容緩

反義詞

後顧無憂、逍遙自在

漢高祖劉邦死後，劉盈繼位。吳王劉濞見新帝年幼，暗中聯合其他諸侯尋思謀反。
吳王手下的謀士枚乘勸阻他。
大王，目前的狀況就像是千鈞一髮。任誰都知道危險。
然而吳王並沒有聽從勸告，枚乘失望轉投梁孝王。
吳王與其他六國諸侯反叛，為漢朝史上的「七國之亂」，最終被平滅。

七國之亂，發生於西漢初年。當時漢景帝實行削藩政策，而被封為吳王的劉濞以及其他六位劉姓宗室諸侯，起兵反抗，最後由將軍竇嬰、周亞夫所鎮壓。

急如星火

釋義

星火：流星。像流星的光從空中急閃而過。形容非常急促緊迫。

出處

晉．李密《陳情表》：「州司臨門，急於星火。」

造句

你把事情拖到最後，現在急如星火，不得不加班完成。

近義詞

十萬火急、急如律令

反義詞

慢條斯理[104]、緩兵之計

晉朝時，有一人名叫李密，自小由祖母扶養，他長大後十分孝順祖母。
晉武帝司馬炎幾次徵召李密進京為官。然而他拒絕了。
催促臣的詔令急如星火，然而祖母病重……
李密寫下《陳情表》，晉武帝被他的孝心所感動，同意他暫時不用入朝。

《陳情表》，西晉人李密所著。他寫給晉武帝的奏章中婉拒了徵召，同時感謝武帝的賞識，也說明了對祖母的孝心。其文真摯感人，後有「讀李密《陳情表》不流淚者不孝」的說法。

奔車朽索

釋義

用腐朽的繩子駕馭狂奔的馬車。比喻隨時有危險，須多加警惕。

出處

《書經・五子之歌》：「予臨兆民，懍乎若朽索之馭六馬。」

《舊唐書・卷七十一・魏徵傳》：「怨不在大，可畏惟人，載舟覆舟，所宜深慎，奔車朽索，其可忽乎？」

造句

現在公司的情況就如奔車朽索，你下的每個決定都會影響到公司未來。

近義詞

燕處焚巢、釜中游魚

反義詞

固若金湯、堅如磐石

太平洋高壓持續增強，預計明晚發布海上警報……
我覺得颱風不會來，我還是打算要去登山。
在這個時機點去登山，有如奔車朽索，非常危險。
我知道了。爬山什麼時候都可以去，不應該冒著危險去。

《書經》，又稱《尚書》，是中國最早的一部史料彙集，內容彙編了先秦時代的政事文獻，包含了上古及夏、商、周的君王重臣的文誥、說話記錄為主。由於年代久遠，用語對後人來說十分艱澀。

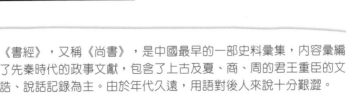

汗牛充棟

釋義

棟：棟宇，房屋。需要運送的書很多，累得牛都出了汗。形容藏書或著述非常多。

出處

唐·柳宗元《文通先生陸給事墓表》：「其為書，處則充棟宇，出則汗牛馬。」

造句

國家圖書館的藏書汗牛充棟，種類和數量五花八門，是閱讀的天堂。

近義詞

汗牛塞屋、牙籤萬軸

反義詞

鳳毛麟角 186、屈指可數

以前沒有汽車也沒有網路。
所以以前的古人們運送物品都是靠牛車來託運。
書也只能堆放在家裡。
汗牛充棟
因此書堆到家裡都是；牛扛了都會出汗，就是書籍很多的意思。

《春秋》，為孔子所作的第一部編年體史書，但內容言簡義深，如無注釋，則難以理解，所以後來有許多為《春秋》做註解的書，以至於書多到滿屋，拉出屋外時，讓牛都勞累出汗，才有「汗牛充棟」一說。

星羅棋布

釋義

羅：羅列；布：分布。像星星和棋子那樣分布。形容數量很多，分布很廣。

出處

東漢．班固《西都賦》：「列卒周匝，星羅雲布。」

造句

從高空俯瞰，地面上星羅棋布，帶著整齊的美感。

近義詞

不計其數、車載斗量

反義詞

寥寥無幾、寥若晨星

哥哥你看，星星真的好多喔！
就像打翻的棋子一樣，星羅棋布，到處都是。
說不定是天神在用星星下棋呢！

《西都賦》，東漢班固作品，另有《東都賦》，二賦合稱「兩都賦」。兩都指的是西都長安和東都洛陽，藉由假想人物描述都城景象，才有「星羅棋布」之成語。後來張衡《二京賦》、左思《三都賦》也受此形式影響。

不勝枚舉

釋義

勝（ㄕㄥ）：盡；枚：個。不能一一列舉。形容數量很多。

出處

宋・王楙（ㄇㄠˋ）《野客叢書・卷三九・俗語有所自》：「似此等語，不可枚舉。」

造句

她敦親睦鄰、品行優良，優點不勝枚舉。

近義詞

俯拾皆是、不計其數

反義詞

九牛一毛、屈指可數

媽媽，爸爸有什麼缺點嗎？
嗯，愛睡懶覺、不愛運動、拖很晚才洗澡。
既然爸爸有這～麼多缺點，為什麼媽媽還要嫁給爸爸？
因為跟缺點比起來，爸爸的優點更多呀！不勝枚舉。
根本秀恩愛……

王楙，字勉夫，南宋詞人、詩人，當時人稱「講書君」。其作品《望江南》、《臨終詩》甚為著名。《野客叢書》為學術筆記，內容廣博，包含經史子集，以考辨典籍、雜記宋朝及歷代軼事為主。在此書說到古書資料眾多，「不可枚舉」。

滄海一粟

釋義

滄海：大海。粟：小米。大海中的一粒米粟，比喻非常渺小的意思。

出處

宋・蘇軾《前赤壁賦》：「寄蜉蝣於天地，渺滄海之一粟。」

造句

和浩瀚的宇宙相比，人類是如同滄海一粟般的存在。

近義詞

九牛一毛、微乎其微

反義詞

盈千累萬、多如牛毛

在浩瀚的宇宙裡，地球只是一個渺小的存在。
在地球中，人類也是如滄海一粟微小的存在。

蜉蝣，最原始的有翅昆蟲。在羽化為成蟲後只有一到二天的短暫生命，因此古書上都會寫蜉蝣「朝生暮死」。面對人生短促，曠達的蘇軾也不禁感嘆人之於天地，如同「滄海一粟」。

琳瑯滿目

釋義

琳琅（ㄌㄤˊ）：精美的玉石。形容入眼的滿是美好、珍貴的事物。

出處

南朝宋．劉義慶《世說新語．容止》：「今日之行，觸目見琳琅珠玉。」

造句

博物館中的各種古物琳瑯滿目，令人目不暇給。

近義詞

五花八門、形形色色

反義詞

千篇一律 174、乏善可陳

這裡的東西都好漂亮喔！
琳瑯滿目，都不知道要先看哪裡了！

《容止》是《世說新語》的第十四門，共有三十九則故事。容止指儀容舉止。尤其魏晉時代特別關注人的容貌、態度、舉止，因此可在此篇看到當時士人的風采。

鳳毛麟角

釋義

鳳凰的羽毛和麒麟的角。指相當稀少珍貴的人或物品。

出處

唐．李延壽《南史．謝超宗傳》：「超宗殊有鳳毛。」

唐．李延壽《北史．文苑傳序》：「學者如牛毛，成者如麟角。」

造句

這個比賽的難度很高，能撐到最後的人鳳毛麟角。

近義詞

屈指可數、百裡挑一

反義詞

漫山遍野、過江之鯽(ㄐㄧˋ)

南朝宋，謝超宗文筆有靈氣，孝武帝很賞識他。
超宗有鳳毛啊！
超宗，我想見見鳳毛。
我哪有什麼鳳毛啊！
人們聽說了此事，皆當做笑談。孝武帝其實是指超宗的才能有如鳳毛般稀少，後來演變為鳳毛麟角。

謝超宗，南朝宋著名的文人。其祖父為著名山水詩人謝靈運，他生性聰慧，有才學。就連宋孝武帝都大加讚賞：「超宗殊有鳳毛，靈運復出矣！」也是成語由來。

萬人空巷

釋義　形容擁擠、熱鬧的盛況。

出處　宋．蘇軾〈八月十七日復登望海樓〉詩五首之四：「賴有明朝看潮在，萬人空巷鬥新妝。」

造句　一聽到明星來小鎮開演唱會的消息，一時間萬人空巷。

近義詞　人山人海、水洩不通

反義詞　隻影全無、三三兩兩

奇怪，看起來大家都不在家。
原來大家都在這裡迎媽祖，怪不得萬人空巷。

萬人空巷的用法：意思是指家家戶戶的人都奔向一個地方，而使得原本的街道冷清，但其實是形容慶祝、歡迎的盛況。但容易誤以為是街道冷清，人群少而淒涼的景象。

車水馬龍

釋義

形容車馬絡（ㄌㄨㄛˋ）繹（ㄧˋ）不絕的熱鬧景象。

出處

南朝劉宋．范曄《後漢書．明德馬皇后紀》：「前過濯（ㄓㄨㄛˊ）龍門上，見外家問起居者，車如流水，馬如游龍。」

造句

年節返鄉的人潮眾多，川流不息的行人與車水馬龍的景象，好不熱鬧。

近義詞

冠蓋雲集、肩摩轂（ㄍㄨˇ）擊

反義詞

門庭冷落、門可羅雀

東漢時代，漢章帝因敬愛扶養他長大的皇太后馬氏，欲對馬家人封官加爵，卻被馬氏阻止。
隔年大旱，有些大臣就談論是因為沒有加封外戚導致的，進言讓漢章帝加封馬家人。
我前幾天經過娘家時，看見車水馬龍。拜訪的人非常多，而娘家管事的人很是蠻橫。
如果再加官進爵，對朝廷沒有什麼好處。
母后說的是。

漢章帝，劉炟（ㄉㄚˊ），東漢第三任皇帝。執政時實行「與民休息」，使得經濟起復。兩度派班超出使西域，使得西域地區重新稱藩於漢，與漢明帝共稱「明章之治」的東漢盛世。

熙熙攘攘

釋義

形容人來人往，熱鬧擁擠的樣子。

出處

西漢．司馬遷《史記．貨殖列傳》：「天下熙熙，皆為利來；天下壤壤（攘攘），皆為利往。」

造句

從窗外看出去，可以看到人來人往、熙熙攘攘的人群。

近義詞

羅紈甚盛、遊人如織

反義詞

冷冷清清、門前冷落

周朝開國元勳姜太公被封於齊地，當時的齊地地多鹽鹼，人煙稀少。
姜太公遂推行一些政策，鼓勵婦女紡織、工匠製造，把魚、鹽運至別處販賣。
鐵
齊國漸漸富盛，來往貨物不絕、財源滾滾。齊國製造的衣帽還暢銷天下。
各地的男女老少熙熙攘攘，前往齊國。齊國也成為強盛大國。
齊

《史記．貨殖列傳》，是司馬遷稱謀求「滋生資貨財利」來致富的人物列傳。文中不僅包括商業、還包括手工業和農業、牧業、漁業、礦業、冶煉業的經營。

戶限為穿

釋義

踏穿門檻。形容來訪人數眾多。

出處

唐・李綽《尚書故實》：「人來覓書，並請題頭者如市，所居戶限為之穿穴。」

造句

她的學問深厚，因此前來求教的人眾多，戶限為穿。

近義詞

粉汗為雨、履舄交錯

反義詞

杳無人煙、區區之眾

南北朝時期，永欣寺智永禪師為大書法家王羲之的七世孫，同樣擅寫書法。
智永禪師勤練書法，草書尤為出色，據說練字寫禿的毛筆有整整十大缸。
為求得智永的墨寶，前往永欣寺的人絡繹不絕、戶限為穿。
既然木頭的門檻會被踩爛，那就只好用鐵包覆門檻了。

智永禪師，南朝人，本名王法極，字智永，書聖王羲之七世孫。他的書法造詣高，傳下「永字八法」，為後代楷書立下典範。代表作為《真書千字文》。

門庭若市

釋義

門口和庭院像市場一樣熱鬧。形容求見的人很多。

出處

漢．劉向編訂《戰國策．齊策一》：「令初下，群臣進諫，門庭若市。」

造句

當折扣消息一放出，顧客紛紛上門，門庭若市，生意非常紅火。

近義詞

賓客盈門、高朋滿座

反義詞

門可羅雀、門庭冷落

戰國時，齊國的相國鄒忌，身材高大容貌端莊。他為勸說齊威王鼓勵群臣進諫，講了一個故事。
臣問妻妾與家中客人，我與城北徐公相比，誰更英俊。他們都說是我。
但這是妻妾與客人為了恭維我。而大王受到的蒙蔽會更多，若能廣納意見，才是有益的。
齊威王下令能指出過失的皆有賞。往後，群臣進諫，門庭若市。

齊威王，田氏，名因齊，田齊君主。初時仗著齊國國力強盛，不理朝政，導致國勢漸衰。宰相鄒忌以故事勸齊王要納諫，因此大臣紛紛納諫，門庭若市。齊威王還與成語「一鳴驚人」有關。

白駒過隙

釋義

白駒，駿馬。隙，洞孔。白駒過隙指馬從洞孔前一下子就跑過去。後比喻時間過得很快。亦作「過隙白駒」。

出處

《莊子．知北遊》：「人生天地之間，若白駒之過郤（隙），忽然而已。」

造句

光陰如白駒過隙，一轉眼，三十年就過去了，所以千萬不要虛擲時光。

近義詞

一夕一朝、俯仰之間

反義詞

窮年累世、千秋萬代

孔子有一次去向老子請教「道」。
先生，何謂道呢？
人在世上的時間短暫，猶如白駒過隙，一閃即過。
人會死去，但道的精神卻可以永留世間。

老子與孔子的對話，兩位千古聖人分別開創道家與儒家，據史料記載，孔子曾多次向老子求學問禮。諸多細節不可考，但兩位的思想碰撞，為後人帶來啓發的作用。

曇花一現

釋義

曇花，優曇婆羅華的簡稱，指無花果，印度傳說無花果只在聖王出世時才會開花。曇花一現比喻短暫存在，迅速消失。

出處

《妙法蓮華經．方便品》：「佛告舍利弗：『如是妙法，諸佛如來時乃說之，如優曇鉢華時一現耳。』」

造句

這個東西只流行了短短時間，如曇花一現，之後就銷聲匿跡了。

近義詞

好景不常、浮雲朝露

反義詞

千秋萬世、日久天長

相傳有個年輕人為曇花澆水、鋤草。
漸漸地，曇花花神愛上他了，玉皇大帝得知後大發雷霆。
罰妳一生只能開一次花，晚上開花，次日凋謝。
曇花一現，只為韋陀。
是他來了。

曇花一現只為韋陀，中國民間故事。曇花花神愛上韋陀，玉帝把花神變為曇花，將韋陀送去出家，並讓他忘記前塵，最終是「緣起緣滅緣終盡，花開花落花歸塵。」

經年累月

釋義

比喻經過長久的時間。

出處

隋・薛道衡〈豫章行〉詩：「豐城雙劍昔曾離，經年累月復相隨。不畏將軍成久別，只恐封侯心更移。」

造句

她從小就開始練舞，在經年累月地努力下，最終獲得國際大獎。

近義詞

長此以往、長年累月

反義詞

彈(ㄊㄢˊ)指之間、電光火石

我寫得太差，完全沒有天賦啊。
王羲之也不是天生寫一手好字，而是憑藉經年累月地刻苦練習！
是！我要好好努力。

薛道衡，字玄卿，隋朝大臣，著名詩人，為當時的文壇領袖。歷仕北齊、北周、隋朝。後來論議時政，被隋煬帝所忌殺，天下人為其稱冤。代表作〈昔昔鹽〉中的「暗牖(ㄧㄡˇ)懸蛛網，空梁落燕泥」一詞膾(ㄎㄨㄞˋ)炙人口。

日上三竿

釋義

太陽升起有三根竹竿那樣高。形容太陽升得很高，時間不早了。

出處

南朝梁．蕭子顯《南齊書．天文志上》：「永明五年十一月丁亥，日出高三竿，朱色赤黃。」

還不起來！都已經日上三竿了！

造句

他假日總是會睡到日上三竿，怎麼叫都叫不醒。

近義詞

日高三丈、日正當中

反義詞

半夜三更、深更半夜

古代的時間，將一晝夜分為十二時辰，即：子、丑、寅、卯、辰、巳、午、未、申、酉、戌、亥。每一時辰相當於現代的兩個小時。從子時（現代的 23 點～ 1 點）開始計算。

光陰荏苒

釋義

荏苒（ㄖㄣˇ ㄖㄢˇ）：時間一點一點地流逝。指時間漸漸地過去了。

出處

明・羅貫中《三國演義・第三十七回》：「玄德回新野之後，光陰荏苒，雙是新春。」

不好意思。
啊！你是……
光陰荏苒，十年過去了，你還是沒什麼變啊。

造句

光陰荏苒，當年還是學生的我們，現在已經踏出社會多年。

近義詞

物換星移、寒暑易節

反義詞

度日如年、歲月難熬

古代的時刻，因為無法精準計算，所以有了代稱。計算單位如下：一時辰（2 小時）有八刻，一刻（15 分），一盞茶（10 分鐘）有兩柱香，一柱香（5 分鐘）有五分，一分有六彈指、一彈指有十剎那。一剎那就是一秒鐘。

餘音繞梁

這裡發生了什麼事？
大家都沉浸在樂曲中，餘音繞梁，三日不絕於耳❤

釋義

形容歌聲或音樂優美，給人留下深刻的印象。

出處

《列子．湯問篇》：「昔韓娥東之齊，匱糧，過雍門，鬻歌假食，既去而餘音繞梁欐，三日不絕，左右以其人弗去。」

造句

這場音樂會餘音繞梁，帶給聽眾一場絕妙的音樂饗宴。

近義詞

繞梁三日、裊裊餘音

反義詞

不堪入耳、俗不可耐

韓娥，春秋時期的歌者。有一次她經過齊地，但因為旅費不夠，吃住成了問題，不得已，只好在齊國的雍門賣唱，歌聲優美婉轉，即使她離開三天，人們依舊感覺「餘音繞梁」。

震耳欲聾

釋義

形容聲音很大，耳朵幾乎快要震聾了。

出處

沙汀《呼嚎》：「每座茶館裡都人聲鼎沸，而超越這個，則是茶堂倌震耳欲聾的吆喝。」

造句

由於名人出訪此地，晚會的聲勢浩大，人聲鼎沸，喇叭聲震耳欲聾。

近義詞

聲震屋宇、人聲嘈雜

反義詞

喃喃細語、萬籟俱寂

沙汀，中國現代作家。原名楊朝熙，又名楊子青。作品風格含蓄深沉，以寫實剖析的手法刻畫統治者的醜惡嘴臉。《呼嚎》創作於抗日戰爭後，表現人民爭取民主、反內戰的新主題。

陽春白雪

釋義

原指戰國時代楚國的一種較高級的歌曲，現在用來形容高深的文學、藝術作品。

出處

戰國楚．宋玉《對楚王問》：「其為〈陽阿〉、〈薤露〉，國中屬而和者數百人，其為〈陽春〉、〈白雪〉，國中屬而和者不過數十人。」

造句

你的作品陽春白雪，雖然懂的人不多，但有崇高的藝術價值。

近義詞

曲高和寡、水清無魚

反義詞

下里巴人、擊轅之歌

真是寂寞啊……
你彈的樂曲有如陽春白雪，但不適合這個場所。

宋玉，戰國後期楚國人，為屈原之後最傑出的辭賦家，後世常將兩人合稱為「屈宋」。《對楚王問》是宋玉面對他人的讒毀所作出的回應，表現出自己清高的品行。

六馬仰秣

釋義

秣（ㄇㄛˋ）：餵牛馬的穀粟等飼料。形容樂聲美妙到馬都不吃飼料，一起抬頭傾聽。

出處

《荀子．勸學》：「昔者瓠（ㄏㄨˋ）巴鼓瑟而流魚出聽，伯牙鼓琴而六馬仰秣。」

造句

這首天籟可說是六馬仰秣，讓人為之讚嘆，能聽到此曲真是三生有幸。

近義詞

餘音繞梁 197、不絕於耳

反義詞

荒腔走板、嘔啞（ㄧㄚ）嘲哳（ㄓㄚ）

太好聽了！伯牙鼓琴而六馬仰秣啊。

伯牙，中國春秋時期晉國大夫，著名的琴師，善彈七弦琴，被稱讚連馬都會暫停進食而傾聽。與鍾子期的知音故事聞名於世，鍾子期死後，伯牙認為世間再無知音，一生不再鼓琴，為成語「伯牙絕弦」。

響徹雲霄

釋義

徹：貫通；雲霄：高空。形容聲音十分響亮，可以穿過雲層，達到高空。

出處

清．褚人獲《隋唐演義．第八十六回》：「這一笛兒，真吹得響徹雲霄，鸞翔鶴舞，樓下萬萬千千的人，都定睛側耳，寂然無聲。」

造句

他的尖叫聲響徹雲霄，想讓人忽視都難。

近義詞

聲如洪鐘、鏗然有聲

反義詞

悶聲不吭、一言不發

大家要用這裡用力。
然後發聲……
老師的聲音真是響徹雲霄。

《隋唐演義》，中國長篇歷史小說，作者褚人獲，他是學者兼出版商，還出版了《封神演義》。《隋唐演義》講述從隋代興起至唐玄宗年間的政治興亡與英雄事跡。

如泣如訴

釋義

像在哭泣，也像在訴說委屈。比喻聲音淒哀。

出處

宋．蘇軾《前赤壁賦》：「其聲嗚嗚然，如怨如慕，如泣如訴。」

造句

她的歌聲如泣如訴，讓我聽到最後淚流不止。

近義詞

音容淒斷、扣人心弦

反義詞

慷慨激昂、蕩氣迴腸

這蕭聲如泣如訴，聽起來好哀傷。
是啊……

《前赤壁賦》，北宋大文學家蘇軾所作，當時蘇軾被謫（ㄓㄜˊ）貶到黃州，二次遊赤壁都寫下了文章。《前赤壁賦》意在借景抒懷，闡發哲理，而《後赤壁賦》則著重在敘事寫景。

兔死狗烹

這些兔子應該夠吃到下一季了。
那你就沒用處了……
兔死狗烹

釋義

烹：燒煮。兔子死後，捕兔的獵狗便失去作用，比喻為統治者做事的人在事成後被拋棄或殺掉。

出處

西漢．司馬遷《史記．越王勾踐世家》：「蜚（飛）鳥盡，良弓藏；狡兔死，走狗烹。」

造句

古代君王兔死狗烹的例子屢見不鮮，所以常有人說伴君如伴虎。

近義詞

鳥盡弓藏、過河拆橋

反義詞

論功行賞、崇功報德

春秋時代，越王勾踐滅吳稱霸，范蠡的功勞甚高，被封為將軍，但他選擇功成身退。並舉「兔死狗烹」之例告知文種：越王勾踐可共患難，卻不能共樂。結果文種未能聽從，不久即被勾踐賜死。

河東獅吼

釋義

比喻悍妒、強勢的妻子對丈夫大吵大鬧。

出處

宋．蘇軾〈寄吳德仁兼簡陳季常〉詩：「忽聞河東獅子吼，拄杖落手心茫然。」

造句

隔壁王先生只要酒醉晚歸，深夜便會傳來河東獅吼。

近義詞

季常之懼、河東獅子

反義詞

細聲細氣、似水柔情

陳
宋朝陳季常非常好客，家中常賓客滿門。
家中有客上門，自然要請歌妓來表演。
聽聞季常兄家有河東獅吼。
就是怕老婆。

陳慥（ㄗㄠˋ），字季常，北宋人，自稱龍丘先生，又曰方山子。與蘇東坡是好友，兩人常談論兵家及古今成敗，喜好賓客。陳慥非常怕老婆，蘇東坡就作詩調（ㄊㄧㄠˊ）侃（ㄎㄢˇ）他。

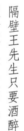

塞翁失馬

釋義

塞：邊境。翁：老人。比喻壞事也可能變成、帶來好事。

出處

西漢．劉安《淮南子．人間訓》：「近塞上之人，有善術者，馬無故亡而入胡。人皆弔之。其父曰：『此何遽不為福乎？』居數月，其馬將胡駿馬而歸。人皆賀之。……故福之為禍，禍之為福，化不可極，深不可測也。」

造句

你別難過了，說不定塞翁失馬，否極泰來呢。

近義詞

因禍得福、否極泰來

反義詞

樂極生悲、興盡悲來

別難過。
我的馬雖然走失了，但這說不定是件好事呢。
回來還帶了一匹駿馬，恐怕不是什麼好事啊！
我的兒子雖然摔斷了腿，但是說不定是件好事呢。
聽說發生戰爭了，他剛好因為摔斷腿不用去當兵。
塞翁失馬，焉知非福

《淮南子》，作者為西漢淮南王劉安及其幕下的士人。內容網羅諸子百家的思想，被視為諸子百家中雜家的著作，與呂不韋《呂氏春秋》合為雜家最重要的兩部著作。

勞燕分飛

釋義

勞：伯勞。伯勞、燕子各飛東西。比喻夫妻、情侶別離。

出處

宋・郭茂倩《樂府詩集・東飛伯勞歌》：「東飛伯勞西飛燕，黃姑織女時相見。」

造句

雖然他們交往多年，但是最後還是發現彼此個性不合，勞燕分飛。

近義詞

鳳隻鸞孤、分釵破鏡

反義詞

琴瑟和鳴137、如膠似漆

燕
今天要教大家兩個關於燕子的成語。
如果要形容別人結婚，我們可以說是新婚燕爾。
如果他們分手了，那就是勞燕分飛。

《樂府詩集》，宋代郭茂倩編纂。內容輯錄從漢代到唐朝的樂府詩總集，也編入了部分漢代以前流傳的古歌辭。而收錄的《東飛伯勞歌》是南朝梁武帝蕭衍根據民歌改作的七言古詩。

對牛彈琴

釋義

譏笑聽話的人不懂對方說什麼，也用以譏笑說話的人不看對象。

出處

漢．牟融《理惑論》：「公明儀為牛彈〈清角〉之操，伏食如故。非牛不聞，不合其耳矣。」

造句

你別再浪費時間多說了，這等同對牛彈琴，他根本聽不進去。

近義詞

白費口舌、對牛鼓簧（ㄏㄨㄤˊ）

反義詞

對症下藥、量體裁衣

古代大音樂家公明儀擅長彈琴，聽的人經常如癡如醉。
我來彈琴給這頭牛聽聽。
怎麼就只顧著吃草？
唉……我不該對牛彈琴的。

古琴，是中國的撥弦樂器。一開始為五弦，漢朝起定製為七弦。位列「琴棋書畫」四藝之首，被視為高雅的代表，以及必修科目。而伯牙、子期以「高山流水」而成知音也是與琴有關。

虎頭蛇尾

釋義

頭大如虎，尾細如蛇。比喻開始時聲勢很大，到後來勁頭很小，有始無終的意思。

出處

元・康進之《李逵負棘》：「則為你兩頭白麵搬興廢，轉背言詞說是非，這廝敢狗行狼心，虎頭蛇尾。」

造句

一個人若是缺乏恆心，做事就容易虎頭蛇尾。

近義詞

有始無終、有頭無尾

反義詞

持之以恆、繩鋸木斷

今年暑假我一定要每天念書、運動！
7月
01
就是這樣，繼續努力。
7月
07
休息一下也沒關係吧……
8月
30
又什麼都沒做成了。
你每次虎頭蛇尾，缺乏恆心！

《李逵負棘》，元代康進之創作的雜劇。描述惡棍冒充宋江、魯智深，擄走民女。李逵下山得知此事，回梁山大鬧，後方知誤會而負荊請罪，並捉拿犯人將功補過。《水滸傳》成書在後，其情節可能采自本劇。

一箭雙鵰

釋義

一箭射中兩鵰。指射箭技術高超。後以比喻一次舉動，可以同時達到兩個目標。

出處

唐．李延壽《北史．長孫晟傳》：「嘗有二鵰，飛而爭肉，因以箭兩隻與晟，請射取之。晟馳往，遇鵰相攫，遂一發雙貫焉。」

造句

運動既可以減肥，又可以健身，正是一箭雙鵰的事。

近義詞

一舉兩得、一石二鳥

反義詞

顧此失彼、事倍功半

南北朝時期，北周大將長孫晟武功高強。有次出使突厥，常與突厥王一同打獵。
你能不能射下這兩隻大鵰呢？
只需要一支箭即可。
好箭法，真是一箭雙鵰。

長孫晟，字季晟，小名鵝王。北周時期，突厥可汗攝圖向中原皇帝請婚，長孫晟即擔任和親使者。攝圖可汗相當喜愛長孫晟，留他住了一年。兩人出外打獵，長孫晟「一箭雙鵰」，使得可汗大悅，還命他的兒子和眾貴族向長孫晟學習箭術。

馬首是瞻

釋義

看著馬頭的方向，決定進退。比喻追隨某人行動。

出處

春秋．左丘明《左傳．襄公十四年》：「雞鳴而駕，塞井夷竈（ㄗㄠˋ）（灶），唯余馬首是瞻。」

造句

做事若只會看人臉色、馬首是瞻，必然無法成就大事。

近義詞

亦步亦趨、唯命是從

反義詞

背道而馳、分道揚鑣 124

春秋戰國時期，晉國聯合其他諸侯國攻打秦國。晉悼公派遣荀偃領軍。
軍心渙散，聯軍無法齊心，我們必須早點發動攻擊。
傳令下去，以我馬首是瞻，迅速行動。
我偏偏不要。
我才不要。
唉，既然大家無法聽從命令，就無法取勝，只好全軍撤退。

左傳，全稱《春秋左氏傳》，編年體史書，儒家將其列入十三經。漢朝以後才多稱《春秋》，左丘明《左傳》是為《春秋》做註解的一部史書，與《公羊傳》、《穀梁傳》合稱「春秋三傳」。

明日黃花

釋義

黃花：菊花。原指重陽節過後逐漸凋謝的菊花，現在多比喻過時的事物或消息。

出處

宋・蘇軾〈九日次韻王鞏〉詩：「相逢不用忙歸去，明日黃花蝶也愁。」

造句

過了幾十年後舊地重遊，往事已成明日黃花，徒留傷感之情。

近義詞

過往雲煙、時過境遷

反義詞

應時對景、當時得令

我們以後再來。
好呀！
從前的種種都已經是明日黃花了啊……

明日黃花中的「明日」是指重陽次日，然而卻經常遭到誤寫為「昨日黃花」。蘇軾對朋友表示，好不容易相聚，就不要急著離去，因為到了明日，看那過了時節的菊花令人憂愁。

囫圇吞棗

釋義

囫圇（ㄏㄨˊ ㄌㄨㄣˊ）：整個兒。比喻對事物不甚了解便含糊接受。

出處

《朱子語類．論語十六》：「道理也是一個有條理底物事，不是囫圇一物。」

造句

讀書若只是囫圇吞棗、不求甚解，那麼根本沒有從中學習到知識。

近義詞

不求甚解、一知半解

反義詞

融會貫通、精益求精

這梨子真甜！
棗子也好吃～
梨子有益於牙齒，但吃多了卻會傷脾；棗子有益於脾，可是吃多了就會損壞牙齒。
那就光嚼梨子，但不吞下去。棗子就直接吞下去，就不會損害牙齒了！
這……囫圇吞棗，可是會卡住的。萬萬不可！

朱子，朱熹，南宋理學家。程朱理學集大成者，學者尊稱朱子。其著作甚多，並輯定四書：《大學》、《中庸》、《論語》、《孟子》作為教本，也成為後代科舉應試的科目。

借花獻佛

那束花那麼漂亮，一定很貴吧！
那是客人退訂的，一毛錢都沒花到，剛好借花獻佛。

釋義

比喻用他人的東西來做人情。

出處

《過去現在因果經》：「今我女弱，不能得前，請寄二花以獻於佛。」

造句

這是別人贈與我的禮物，只是我用不著，所以借花獻佛，轉送給你。

近義詞

順水人情、惠而不費

反義詞

真心實意、投瓜報玉

佛，又稱佛陀，佛教術語，意譯為「悟道者」。以狹義來說，現在佛教的「佛陀」指歷史上的釋迦牟尼（古印度王子喬達摩）；然而就廣義而言，一切眾生本來是佛。

雨後春筍

釋義

指春天下雨後，竹筍一下子就長出來很多。比喻事物迅速大量地湧現出來。

出處

宋．張耒(ㄌㄟˇ)〈食筍〉詩：「荒林春足雨，新筍迸龍雛。」

造句

當一股風潮在台灣蔚為流行後，相關店家便如雨後春筍般紛紛冒了出來。

近義詞

滿山遍野、比比皆是

反義詞

碩果僅存、九牛一毛

本來小少爺離家後音信全無……
自從貼出尋人懸賞後，線索突然一下子全冒了出來。
是啊，就跟雨後春筍一樣。
希望可以趕快找到人啊。

張耒，北宋詩人。出自於蘇軾門下，與黃庭堅、秦觀、晁(ㄔㄠˊ)補之合稱為「蘇門四學士」。其詩多反映下層人民的生活以及自己的生活感受，風格平易近人。

樹大招風

釋義

比喻人過於出名容易惹人注意，引起麻煩。

出處

明・吳承恩《西遊記・第三十三回》：「這正是樹大招風風撼樹，人為名高名喪人。」

造句

他盛名在外，因為樹大招風，常招小人陷害、詆毀。

近義詞

眾矢之的、樹高招風

反義詞

無名小卒、不見經傳

媽媽，為什麼書上寫樹大招風？不是都是樹嗎？
就像一群雞裡面，我們會挑最大隻的來吃一樣呀。

《西遊記》，作者吳承恩，中國四大名著之一。故事取材於唐朝玄奘法師赴西域取經的真實事件，借鑑了大量古代神話和民間傳說，塑造徒弟孫悟空、豬八戒和沙悟淨等鮮明印象。

目光如豆

釋義

眼光像豆子那樣小。形容目光短淺，缺乏遠見。

出處

清．錢謙益《列朝詩集小傳．丁集下．茅待詔元儀》：「元儀，字止生，歸安人。……世所推名流正人，深衷厚貌，修飾邊幅，眼光如豆，寧足與論天下士哉！」

造句

領導者若是目光如豆，只看見眼前的利益，必會自取滅亡。

近義詞

以管窺天、井底之蛙 050

反義詞

高瞻遠矚（ㄓㄨˇ）、放眼天下

這裡這麼多食物，螞蟻們真是笨呀。
早知道我當初就應該想遠一點啊，目光目豆，自取滅亡。

錢謙益，明末時期的探花郎，曾在明亡後降清，出仕五個月，但後來辭官投入反清復明運動。其妻柳如是為「秦淮八豔」之首，在當時才子與名妓的結合受到不少非議。

風行草偃

釋義

偃（ㄧㄢˇ）：倒伏。比喻在上位者施行德政教化人民，使人民順從。

出處

《論語·顏淵》：「季康子問政於孔子曰：『如殺無道，以就有道，何如？』孔子對曰：『子為政，焉用殺？子欲善，而民善矣。君子之德風，小人之德草。草上之風，必偃。』」

皇上，若您以身效法……
百姓必當風行草偃啊。
愛卿說的是。

造句

領導者如果以身作則，百姓必當風行草偃，國家才會蒸蒸日上。

近義詞

以德服人、上行下效

反義詞

尸位素餐、伴食中書

季康子，春秋時期魯國的權臣。有一次齊國入侵魯國，季康子任用孔子的弟子冉有，擊退了齊人。冉有趁機說服季康子迎回在外流亡十四年的老師孔子，才有了後來季康子問政於孔子。

指桑罵槐

釋義

指著桑樹罵槐（ㄏㄨㄞˊ）樹。比喻表面上罵這個人，實際上是罵那個人。亦作「指桑說槐」。

出處

明．蘭陵笑笑生《金瓶梅詞話．第六二回》：「他每日那邊指桑樹罵槐樹，百般稱快。」

造句

經過多年歷練，現在的他即使面對指桑罵槐的挖苦，也能面不改色去應對。

近義詞

含沙射影 075、血口噴人

反義詞

開門見山、光明正大

你什麼事情都做不好……
別放在心上。
剛剛老闆分明指桑罵槐在罵你，你不在意嗎？
都習慣啦，這點小事。

《金瓶梅》，又名《金瓶梅詞話》，中國四大奇書之一，史上第一部長篇白話世情章回小說。作者姓名不詳，只知筆名為蘭陵笑笑生。其後因抄錄刪減而產生許多版本。

螳臂當車

釋義

當（ㄉㄤˇ）：阻擋。螳螂舉起前肢企圖阻擋車子前進。比喻做超乎能力所及的事情，一定會失敗。

出處

《莊子．人間世》：「汝不知夫螳螂乎？怒其臂以當車轍，不知其不勝任也。」

造句

想要改變這件事情，必須要有相當的實力，如今的你如螳臂當車、不自量力。

近義詞

蚍蜉撼樹 220、以卵擊石

反義詞

旗鼓相當 157、出類拔萃 046

等等有車經過，不要待在那裡了。
我知道，我就是要擋下它才在這裡等的。
別傻了！螳臂當車、不自量力。

螳臂當車的由來，相傳齊莊公出門打獵，路上遇到一隻螳螂不閃避馬車，反而準備搏鬥。齊莊公認為螳螂雖然不自量力，卻是勇士，因此繞過牠，後來天下勇士聽聞此事，紛紛投奔齊莊公。

蚍蜉撼樹

釋義

蚍蜉：一種蟻科昆蟲。螞蟻想搖動大樹。比喻不自量力。

出處

唐・韓愈〈調張籍〉詩：「蚍蜉撼大樹，可笑不自量。」

造句

他的心意已決，你就別再妄想蚍蜉撼樹，改變他的決定了。

近義詞

夸父逐日 249、班門弄斧

反義詞

不分軒輊 156、難分優劣

牠還在幻想自己可以把那些果實搖下來啊。
蚍蜉撼樹，不自量力。

《調張籍》，韓愈寫給張籍的詩。當時人們還沒有推崇李白與杜甫，而韓愈在此詩中大大的讚揚他們，還貶斥一些無知的文人。成語「蚍蜉撼樹」就由此詩而來。

作繭自縛

釋義

蠶吐絲作繭，把自己裹在裡面。比喻自找麻煩。比喻自己做的事，反使自己增添困擾。

出處

唐．白居易〈江州赴忠州至江陵已來舟中示舍弟五十韻〉詩：「燭蛾誰救護，蠶繭自纏縈。」

造句

你行事過於小心謹慎，弄得作繭自縛，無法放手一搏。

近義詞

作法自斃、自食惡果

反義詞

奮不顧身、義無反顧

妳這樣棉被會髒掉啦！
媽媽又不在。
妳這是在做什麼！
這就叫做作繭自縛吧。

白居易，字樂天，晚號香山居士、醉吟先生，中唐詩人。詩風平易近人，因此有老婦人也能讀的說法。與元稹是好友，兩人常互贈詩詞，晚年與劉禹錫時常唱和往來。成語由來為作詩隱喻生如春蠶，作繭自縛。

噤若寒蟬

釋義

噤：閉口不作聲，形容不敢出聲，就像深秋的蟬一樣。比喻因害怕、有所顧慮而不敢說話。

出處

南朝劉宋・范曄《後漢書・杜密傳》：「劉勝位為大夫，見禮上賓，而知善不薦，聞惡無言，隱情惜己，自同寒蟬，此罪人也。」

Loading
總經理，這期的銷售報表如圖，請看。
完蛋了。
這是什麼……
這是誰做的簡報！
噤若寒蟬……

造句

總經理一發怒，全場立即噤若寒蟬，一片鴉雀無聲。

近義詞

緘口結舌、三緘其口

反義詞

口若懸河、滔滔不絕

杜密，字周甫，東漢時期名臣。他為人清廉，執法嚴明，因黨錮之禍被罷官，但即使回到家鄉仍關心國家大事。他評斷同樣回鄉的劉勝，遇到不平卻像秋天的蟬一樣不敢發聲。

飛蛾撲火

釋義

飛蛾撲到火上，比喻自取滅亡。

出處

唐·姚思廉《梁書·到溉傳》：「如飛蛾之赴火，豈焚身之可吝。」

造句

他身為警察，竟然知法犯法，無異於飛蛾撲火。

近義詞

自取滅亡、自投羅網

反義詞

虎口逃生、完身而歸

不要動！警察。
我錯了……
知法犯法，你這是飛蛾撲火的行為啊！

為何飛蛾要撲火：在大自然中，夜晚活動的昆蟲是靠月光和星光作為參造，以便可以直線飛行。然而人造火源的出現，使原本的軌跡成了等角螺線，蛾最後就飛進火裡了。

淒風苦雨

釋義

淒風：寒冷的風；苦雨：久下成災的雨。形容天氣惡劣。現今多來比喻境遇悲慘。

出處

春秋．左丘明《左傳．昭公四年》：「冬無愆（ㄑㄧㄢ）陽，夏無伏陰，春無淒風，秋無苦雨。」

造句

淒風苦雨的冬夜，獨自在異鄉的遊子，身邊無人相伴，更顯得淒涼無比。

近義詞

風雨交加、風雨如晦（ㄏㄨㄟˋ）

反義詞

風和日麗 229、和風細雨

這次考試又不及格了……
這樣淒風苦雨的景象簡直就是我的心境啊……

淒風苦雨的由來，是源自春秋．左丘明《左傳》申豐與季武子的對話，申豐講述了藏冰的方法，暗喻當政者必須順應時節，如此一來，就不會有淒風苦雨、天候失常的狀況。

碧空如洗

釋義

碧空：淺藍色的天空。天空像被洗過一樣乾淨明亮，形容天氣十分晴朗。

出處

宋・張元幹〈水調歌頭〉詞：「萬里碧空如洗，寒浸十分明月，簾卷玉波流。」

造句

你看外頭碧空如洗，十分適合出去野餐呢！

近義詞

晴空萬里、陽光明媚

反義詞

烏雲密布、飛沙走石

你看！今天的天空好漂亮！
對呀，就好像被洗過一樣。
這叫做碧空如洗。

碧，原意是指青白色的玉石，也有綠色、藍色的意思，如，其下多青「碧」，指的是玉石；「碧」波蕩漾，表示綠色；七夕今宵看「碧」霄，代表藍色。

烈日當空

釋義

炎熱的太陽高掛天空。形容天氣酷熱。

出處

唐・李延壽《南史・齊紀下・東昏侯》：「剗（ㄔㄢˇ）取細草，來植階庭，烈日之中，至便焦燥。」

造句

最近天氣變化大，早上烈日當空，到了晚上卻吹起寒風。

近義詞

皎陽似火、天熱地燙

反義詞

天寒地凍 231、白雪皚（ㄞˊ）皚（ㄞˊ）

烈日當空，哪裡都不想去……
天氣熱到感覺房子都要融化了呢。
不然我們去吃冰好了。
好主意！

太陽的別稱金烏，是一種古代漢族神話中的神鳥。據神話描述，金烏有三隻腳，每天早晨輪流從東方扶桑神樹上升起，由東向西飛翔，到了晚上便落在西方若木神樹上。

金風送爽

釋義

金風：秋風。秋風帶來了涼意。

出處

魯迅《述香港恭祝聖誕》：「金風送爽，涼露驚秋。」

造句

金風送爽、秋意正濃，正是賞楓的好時節。

近義詞

秋高氣爽、秋高氣肅

反義詞

驕陽似火、艷陽高照

金風送爽，真是舒服。
什麼是金風呢？
難道是因為秋天橘橘的顏色和金色很像嗎？
不是喔！是因為古代用陰陽五行解釋季節，秋為金，所以才稱作金風。
木
火
土
金
水
原來是這樣啊！

風的別稱，在古詩詞中，會以風借喻季節，如，春天：東風、楊柳風、惠風；夏天：南風、薰風、凱風；秋天：西風、金風、商風；冬天：北風、朔風。

一葉知秋

釋義

從一片樹葉的凋落，就知道秋天的到來。比喻由局部的、細小的徵兆，可推出整個局勢、事件的演變。

出處

西漢．劉安《淮南子．說山》：「以小明大。見一落葉，而知歲之將暮；睹瓶中之冰，而知天下之寒。」

造句

他具備見微知著、一葉知秋的洞察力，是個破案神探。

近義詞

見微知著、見一知百

反義詞

不明所以、滿頭霧水

我媽媽說，看見落葉就代表秋天到了喔。好像是什麼一葉知秋。
我爸爸說，如果看見一堆蚯蚓爬出來，可能要地震了喔！

立秋，暑去涼來的季節開始，樹木開始落葉，也因此落葉知秋。而在中國古代，劃分了二十四節氣，用以表示氣候的變化的曆注。立秋也屬於其中一個節氣。

風和日麗

釋義

和風習習，陽光燦爛。形容晴朗暖和。

出處

宋．柳永〈西平樂〉詞：「正是和風麗日，幾許繁紅嫩綠，雅稱嬉游去。」

造句

今天又是一個風和日麗、適合出遊的好天氣呢！

近義詞

天朗氣清、春江水暖

反義詞

電閃雷鳴、天昏地暗

風和日麗的日子，最適合出去走走了！
天氣真的很好耶……
但其實最適合睡覺！

柳永，原名三變，字景莊，後改名永，改字耆卿，北宋著名詞人，婉約派（風格含蓄委婉，結構縝密）代表人物。唐五代時期，詞的體式以小令為主，而柳永大力創作慢詞，對宋詞影響深遠。

春暖花開

釋義

春光和煦宜人，百花紛紛綻放。

出處

明・朱國禎《湧幢小品・南內》：「春暖花開，命中貴陪內閣儒臣宴賞。」

造句

冬天過去，春天就來了，萬物復甦（ㄙㄨ）、春暖花開。

近義詞

大地回春、百花齊放

反義詞

千里冰封、滴水成冰

媽媽！花長出來啦！
春暖花開，天氣會越來越溫暖囉～

名句「面朝大海，春暖花開」出自一首抒情新詩，為中國當代詩人海子所作，本名查海生。他寫下此詩後的兩個月在山海關臥軌身亡。整首詩看似溫暖清澈，其背後卻是對世界的疏離感。

天寒地凍

釋義

形容天氣十分寒冷。

出處

元・姚燧〈新水令・梅花一夜漏春工套・太平令〉曲：「見如今天寒地凍；知他共何人陪奉。」

造句

這片地長年天寒地凍，什麼都長不出來。

近義詞

雪窖冰天、雪海冰山

反義詞

流金鑠石、海天雲蒸

師父，天寒地凍的，我們來這裡做什麼？
來修行啊。
可是師父，這裡好冷，我想回家……
好疼啊！師父。

元曲，分為戲曲（或稱劇曲，包括雜劇、傳奇等）與散曲兩類，屬於中國的古典韻文，與宋詞及唐詩、漢賦並稱。格式與詞相近，但一般在字數定格外可加襯字，較為自由，並多使用口語。

山明水秀

釋義

形容山水秀麗，風景優美。

出處

宋．黃庭堅〈驀山溪．贈衡陽妓陳湘〉詞：「眉黛斂秋波，盡湖南，山明水秀。」

造句

難得放假，就找個山明水秀的地方渡假，好好放鬆。

近義詞

青山綠水、江山如畫

反義詞

山河破碎、寸草不留

孩子們，我們出發去露營囉！
爸爸、媽媽，你們看！
哇！這裡山明水秀，簡直像一幅畫。

黃庭堅，字魯直，號山谷道人，晚號涪ㄈㄨˊ翁。北宋著名詩人，乃江西詩派祖師（作詩好用僻典，講究語言韻律）。其書法出衆，為宋四家之一。曾習藝於蘇軾，為蘇門四學士之一。

重巒疊嶂

釋義

巒（ㄌㄨㄢˊ）：連綿的山。山峰一個連著一個，連綿不斷。

出處

唐．徐光溥〈題黃居寀（ㄘㄞˇ）秋山圖〉詩：「秋來奉詔寫秋山，寫在輕綃數幅間；高低向背無遺勢，重巒疊嶂（ㄓㄤˋ）何孱顏。」

造句

好不容易登上玉山，只見重巒疊嶂，分外壯觀，生出一股豪情。

近義詞

層巒疊嶂、重（ㄔㄨㄥˊ）巒複嶂

反義詞

一馬平川、一碧萬頃

加油，就快到了！
哇~從這裡鳥瞰，重巒疊嶂，風景極美！

五嶽（ㄩㄝˋ），中國五大名山的總稱，分為中嶽嵩山、東嶽泰山、西嶽華山、南嶽衡山、北嶽恆山。其來源於中國的五行思想與對山嶽、山神的崇拜，各項史料中都能看見其蹤。

瓊樓玉宇

釋義

瓊（ㄑㄩㄥˊ）：美玉；宇：房屋。指月中宮殿，仙界樓臺。也形容富麗堂皇的建築物。

出處

晉．王嘉《拾遺記》：「翟（ㄓㄞˊ）乾祐於江岸玩月，或問：『此中何有？』翟笑曰：『可隨我觀之。』俄見瓊樓玉宇爛然。」

造句

千年古城保存良好，依稀可見當年瓊樓玉宇的建築。

近義詞

瑤宮瓊闕（ㄑㄩㄝˋ）、富麗堂皇

反義詞

茅茨（ㄘˊ）土階、繩床瓦灶

我難道是來到仙境了？唯有仙境才有這般的瓊樓玉宇、珍禽異獸。
醒醒！
一下從天堂掉落到地獄啊。

《拾遺記》，東晉王嘉撰。相傳秦滅六國，天下大亂，許多文獻與史料散佚（ㄧˋ），王嘉把殘文搜羅起來，收錄在《拾遺記》中。因為是為了保存史料，所以不論多麼荒誕神怪都收錄下來。

斷壁殘垣

釋義

垣：矮牆。破敗倒塌的牆壁。形容景象荒涼的樣子。

出處

清．吳趼人《二十年目睹之怪現狀．第一百八回》：「走到也是園濱文述農門首，抬頭一看，只見斷壁頹垣，荒涼滿目，看那光景是被火燒的。」

造句

在地震過後，昔日的高樓大廈變成了斷壁殘垣，不勝唏噓。

近義詞

滿目瘡痍、殘磚碎瓦

反義詞

金碧輝煌、珠宮貝闕

就是這裡了。
即使這裡只剩下斷壁殘垣，仍然飽含著我們年輕的回憶。

斷壁殘垣的代表建築——圓明園。為清代時期的大型皇家園林建築，由圓明園、長春園、綺春園（後改萬春園）組成，然而在 1860 年英法聯軍、以及後來的八國聯軍的戰火侵襲下，變為一片廢墟。

雕梁畫棟

釋義

指有彩繪裝飾的梁柱，形容十分華麗的房屋。

出處

元・王子一《誤入桃源・第二折》：「光閃閃貝闕珠宮，齊臻臻碧瓦朱甍，寬綽綽羅幃繡成櫳，郁巍巍畫梁雕棟。」

造句

這個園林建築雕梁畫棟，華麗非凡，難怪是建築史上的名園。

近義詞

雕欄玉砌、瓊樓玉宇 234

反義詞

蓬門蓽户、甕牖繩樞

我們準備參觀頤和園長廊。
這個長廊全長728米，上面畫有1萬4千多張畫。
這可謂是雕梁畫棟啊！

《誤入桃源》，明代雜劇，作者王子一。描述東漢人劉晨、阮肇因天下大亂，不願為官，因入山採藥偶遇仙女結為夫婦。一年後歸家，卻發現人間隔了數世，後重返山中。

鱗次櫛比

釋義

像魚鱗和梳齒那樣相次排列。形容建築物排列密集。

出處

《詩經．周頌．良耜》：「獲之挃挃，積之栗栗。其崇如墉，其比如櫛。」

造句

這是一個繁華的都市，商店大樓鱗次櫛比，如同水泥森林。

近義詞

密密麻麻、恆河沙數

反義詞

一星半點、寥若晨星

我知道一個地方，有非常多家店可以逛，要一起去嗎？
好呀。
店鋪鱗次櫛比一字排開，完全數不出來有幾家呢！
走！
可以好好地血拚一場囉。

《詩經》，內容分為風雅頌三種，而在「頌」裡面，還分周頌、魯頌、商頌，以祭神、祀祖先的樂歌為主。周頌是周王室的宗廟祭祀詩，除了歌功頌德，還能看到當時的農業生產狀況。

鷸蚌相爭

釋義

鷸：一種捕食小魚、貝類的鳥類。比喻雙方爭執不相讓，必會造成兩敗俱傷，讓第三者獲得利益。

出處

漢．劉向編訂《戰國策．燕策二》：「今者臣來，過易水，蚌方出曝，而鷸啄其肉，蚌合而拑其喙。……兩者不肯相舍（捨），漁者得而并（併）禽（擒）之。」

造句

因為家族成員內鬥，鷸蚌相爭，整體業績下滑，使對手坐收漁翁之利。

近義詞

坐收漁利、刺虎持鷸

反義詞

相輔相成、相得益彰

你不放開，會被太陽曬死。
那你也會餓死。
鷸蚌相爭，漁翁得利。

戰國時代，有次趙惠王打算攻打燕國，而有個叫做蘇代的謀士，認為兩國發生戰爭，必然生民塗炭，最後還有可能被秦國併吞，就以鷸蚌相爭的故事遊說趙惠王停戰。

杯弓蛇影

釋義

將映在酒杯裡的弓影誤認為蛇。比喻因疑神疑鬼而引起恐懼。

出處

唐・房玄齡等人合著《晉書・樂廣傳》：「嘗有親客，久闊不復來，廣問其故，答曰：『前在坐，蒙賜酒，方欲飲，見杯中有蛇，意甚惡之，既飲而疾。』于時河南聽事壁上有角，漆畫作蛇，廣意杯中蛇即角影也。……」

造句

聽到鄰居被盜竊的事情之後，他整天杯弓蛇影，深怕自家也遭殃。

近義詞

疑神疑鬼、風聲鶴唳

反義詞

安之若泰、談笑自若

杜宣
樂廣
來來來！一飲此等好酒。
只好硬著頭皮喝了。
那天下官喝的酒裡有蛇，恐怕不久於人世了。
杯弓蛇影呀！得趕緊告訴杜兄。

樂廣，西晉時期名士，在當時的聲望極高，故亦稱樂令。他的女婿是素有美男之稱的衛玠。翁婿二人被人稱讚：「婦公冰清，女婿玉潤」。意思為岳父的品德高潔如雪，女婿的天資溫潤如玉。

螳螂捕蟬

釋義

螳螂正要捉蟬，不知黃雀在牠後面正要吃牠。比喻目光短淺，只想到算計別人，沒想到別人也在算計他。

出處

《莊子・山木》：「睹一蟬，方得美蔭，而忘其身；螳螂執翳而搏之，見得而忘其形；異鵲從而利之，見利而忘其真。」

造句

他一心算計別人，卻不料螳螂捕蟬，黃雀在後，反被人算計。

近義詞

鼠目寸光、急功近利

反義詞

瞻前顧後、深謀遠慮

《莊子・山木》，由九則寓言故事組成，每則寓言故事的主旨不盡相同，主要是討論處世之道。描述處世不易和世事多患，顯示了深邃的人生哲理和對社會問題的深刻認識。

暴虎馮河

釋義

暴虎：空手搏虎；馮河：徒步過河。比喻有勇無謀，魯莽冒險。

出處

《詩經．小雅．小旻》：「不敢暴虎，不敢馮河；人知其一，莫知其他。」

《論語．述而》：「暴虎馮河，死而無悔者，吾不與也。」

造句

事情才剛有轉機，你便衝動行事，無異是暴虎馮河。

近義詞

螳臂當車 219、不自量力

反義詞

謹言慎行、深謀遠慮

老師若統領三軍，希望誰跟您在一起？
像那種赤手空拳和老虎搏鬥的人。以及……
徒步涉水過河的人。我不會跟這樣暴虎馮河的人一起共事。
我喜歡與冷靜思考，思慮謹慎的人一起。
學生受教了。

仲由，字子路，魯國卞人，是孔子著名弟子，孔門十哲之一。子路個性魯莽率直，孔子以暴虎馮河勸他遇事要冷靜，其後子路到衛國任官，卻遇到內亂，最後為護主被殺身亡。

庖丁解牛

釋義

庖丁：廚工；解：肢解分割。比喻經過反復實踐，掌握了事物的客觀規律，做事得心應手，運用自如。

出處

《莊子·養生主》：「庖丁為文惠君解牛，手之所觸，肩之所倚，足之所履，膝之所踦，砉然嚮然，奏刀騞然，莫不中音。」

造句

一項技藝要達到庖丁解牛的境界，需要經過不斷地練習、熟練技巧。

近義詞

得心應手、迎刃而解

反義詞

一籌莫展、無從下手

一位名叫丁的廚師到文惠君前展示殺牛技術。
庖丁解牛，如何到達如此高超的領域。
卑職不只是追求技術，而是追尋道的本質，因而能感知牛體，自然而然地施展。
聽你一席話，我才了解養生之道啊！

魏惠王，戰國時期魏國的第三代君主，原本為侯，五國相王（諸侯國互相承認對方為王）後稱王，在位時期魏國由盛至衰。《孟子》一書中又稱其為梁惠王，《莊子》中則稱文惠君。

守株待兔

釋義

原比喻不想努力就得到成功的僥（ㄐㄧㄠˇ）倖心理。現也比喻不知變通。

出處

《韓非子・五蠹（ㄉㄨˋ）》：「宋人有耕者，田中有株，兔走觸株，折頸而死。因釋其耒而守株，冀復得兔，兔不可復得，而身為宋國笑。今欲以先王之政，治當世之民，皆守株之類也。」

造句

每天毫不作為，只想著升官發財，根本是守株待兔的空想。

近義詞

墨守成規、因襲故常

反義詞

隨機應變、靈活多變

真是幸運，這樣晚上可以加餐。
農夫決定要在樹下守株待兔。
日子一天天過去，再也沒有兔子撞在樹上。

《韓非子・五蠹》，韓非所作散文。五蠹，就是五種害蟲，韓非子認為學者（儒者）、言談者（縱橫家）、帶劍者（俠客）、患御者（害怕戰爭當兵的人）、商工之民是擾亂法治的五種人。

邯鄲學步

釋義

邯鄲：戰國時趙國的都城。比喻模仿人不到家，反把原來自己會的東西忘了。

出處

《莊子．秋水》：「且子獨不聞夫壽陵餘子之學行於邯鄲與？未得國能，又失其故行矣，直匍匐而歸耳。」

造句

每個人都有自己的方法，若是硬要他照你的方法做，只怕邯鄲學步，令他難以施展。

近義詞

食古不化、東施效顰

反義詞

融會貫通、舉一反三 166

戰國時代，有一位住在壽陵的少年。
我們壽陵人走路都不好看。
聽說邯鄲人走路姿態相當美。
是的！
少年前往邯鄲學習走路。
我該學哪個邯鄲人？我都不知道該怎麼辦了。
最後，他連原本怎麼走路都不會了，只好爬著回國。邯鄲學步，失其故步。

《莊子》，一般認為是集合莊子及莊學後人的篇章而成，分為內篇、外篇與雜篇。一般說法，內篇為莊子言行；外篇、雜篇，大概是莊子的弟子或景仰的後人所附加的。

刻舟求劍

釋義

比喻死板固執，不懂得根據客觀情況的變化來處理事情。

出處

《呂氏春秋‧察今》：「楚人有涉江者，其劍自舟中墜于（於）水，遽契其舟曰：『是吾劍之所從墜。』舟止，從其所契者入水求之。舟已行矣，而劍不行，求劍若此，不亦惑乎？」

造句

每一次遇到事情，你總是用同樣的方法應對，猶如刻舟求劍，根本徒勞無功。

近義詞

膠柱鼓瑟 053、削足適履

反義詞

瞬息萬變、因地制宜

你的劍掉進水裡啦。
我在這裡做記號就可以了！
船到達岸邊，他才跳水去找劍。
劍是不會跟著船走的，刻舟求劍，當然找不到呀！

《呂氏春秋》，又名呂覽，成書年代是戰國晚期，以儒家為主幹，道家思想為基礎，融合了當時各種學派的論說，由呂不韋的門客集體編撰而成的一部論說性散文著作。

蜀犬吠日

釋義

蜀：四川省的簡稱。原意是四川多雨，那裡的狗不常見太陽，出太陽就要叫。比喻少見多怪。

出處

唐．柳宗元《答韋中立論師道書》：「屈子賦曰：『邑犬群吠，吠所怪也。』僕往聞庸蜀之南，恆雨少日，日出則犬吠，予以為過言。」

造句

若不提升自我學識，那麼遇事容易蜀犬吠日、少見多怪。

近義詞

少見多怪、孤陋寡聞

反義詞

習以為常、司空見慣

唐朝時，柳宗元被貶到永州時，借宿在龍興寺。
為何狗吠叫不止呢？
此地不常下雪，狗因為沒見過雪而吠叫。
我以前聽聞蜀地的狗不怎麼見到太陽，所以蜀犬吠日。原來是真有此事。
呵呵～這都是因為少見多怪。

柳宗元，唐代著名文學家、思想家，唐宋八大家之一，與韓愈同為中唐古文運動的領軍人物，並稱「韓柳」。因政治改革失敗被貶官，之後寓情山水，寫出膾炙人口的《永州八記》等文章。

愚公移山

釋義

比喻做事不畏艱難，堅韌不拔，有頑強的毅力。

出處

《列子．湯問篇》：「北山愚公，年且九十，面山而居，懲山北之塞，出入之迂也，聚室而謀，曰：『吾與汝畢力平險，指通豫南，達于漢陰，可乎？』……自此，冀之南、漢之陰無隴斷焉。」

造句

做事若是能效法愚公移山的精神，這樣遇到困難也能夠堅持下去。

近義詞

鐵杵(ㄔㄨˇ)成針 256、鍥(ㄑㄧㄝˋ)而不捨

反義詞

半途而廢、知難而退

愚公家門前有兩座高山，出行不易。
我是太行山。
我是王屋山。
我決定搬山！
我們一起來剷除這兩座山！這樣我們以後出入不用再繞遠路。
你連魁父這座小山都奈何不了，如何能搬高山？
就這樣，愚公一家開始把土石搬到了渤海。
愚公移山、自不量力！
我就是死了，我還有子子孫孫，又有什麼好擔心。

列子，名列禦寇（「列子」是後人對他的尊稱），戰國前期道家代表人物。相傳《列子》一書由他所著，按章節分為八篇，每篇多由寓言故事組成，帶有警示的意味。

精衛填海

釋義

炎帝幼女溺死於東海，化為精衛鳥，啣木石以填東海的故事。比喻人意志堅定，不懼艱苦。

出處

《山海經．北山經》：「炎帝之少女，名曰女娃。女娃遊于（於）東海，溺而不返，故為精衛，常銜西山之木石，以堙於東海。」

造句

在創立這家店之前，她遇到重重困難，但以精衛填海的意志撐了下來。

近義詞

精誠所至、金石為開

反義詞

一曝十寒060、功虧一簣

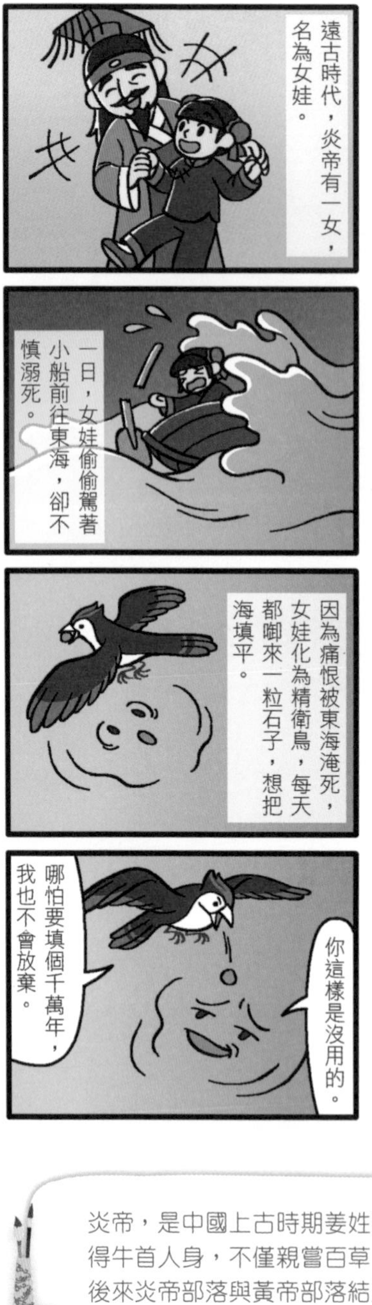

遠古時代，炎帝有一女，名為女娃。
一日，女娃偷偷駕著小船前往東海，卻不慎溺死。
因為痛恨被東海淹死，女娃化為精衛鳥，每天都啣來一粒石子，想把海填平。
你這樣是沒用的。
哪怕要填個千萬年，我也不會放棄。

炎帝，是中國上古時期姜姓部落的首領尊稱，號神農氏。傳說他生得牛首人身，不僅親嘗百草，發展用草藥治病，還發明刀耕火種。後來炎帝部落與黃帝部落結盟，共同擊敗蚩尤。

夸父追日

釋義

夸父（ㄎㄨㄚ ㄈㄨˇ）：中國神話人物。比喻不自量力或有雄心壯志但未竟大業。

出處

《列子．湯問》：「夸父不量力，欲追日影，逐之于（於）隅谷之際。渴欲得飲，赴飲河、渭。河、渭不足，將走北飲大澤。未至，道渴而死。」

造句

想要在短時間內完成曠世巨作，如同夸父追日，不自量力。

近義詞

螳臂當車 219、蚍蜉撼樹 220

反義詞

量力而為、實事求是

上古時代，天旱，地上如同被烤焦一般。夸父決定抓住太陽。
夸父追了九天九夜。
就快追到了。我好渴啊……
夸父喝乾了黃河和渭水的水，卻始終不解渴。
夸父沒能追到太陽，最後倒下了，手杖化作一片桃林。

夸父追日，中國上古神話傳說故事，描述夸父追趕太陽，半道渴死。故事出自於《山海經》的〈海外北經〉、〈大荒北經〉，但版本衆多，甚至是相互矛盾。《列子．湯問》也有記載。

開天闢地

釋義

古代神話傳說：盤古氏開闢天地，開始有人類歷史。後常比喻空前的、自古以來沒有過的。

出處

三國吳．徐整《三五曆紀》：「天地混沌如雞子，盤古生其中，萬八千歲，天地開闢，陽清為天，陰濁為地，盤古在其中。」

造句

他發明了許多造福人類的東西，無異是開天闢地以來偉大的人。

近義詞

史無前例、亙古未有

反義詞

司空見慣、不足為奇

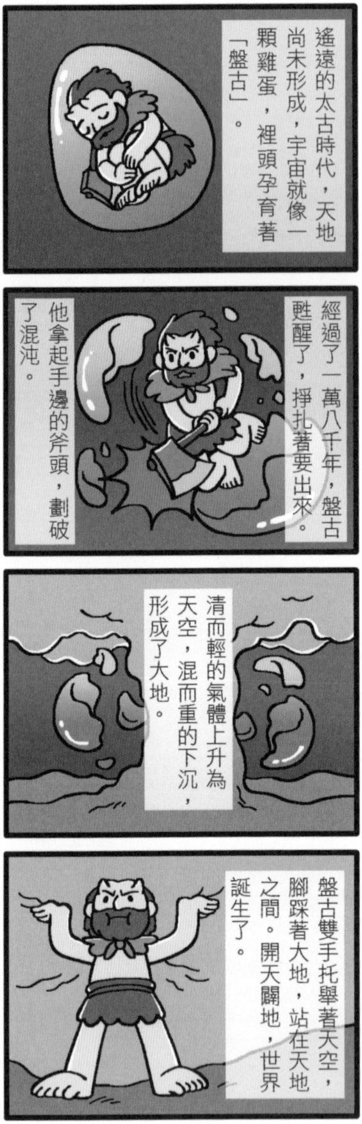
遙遠的太古時代，天地尚未形成，宇宙就像一顆雞蛋，裡頭孕育著「盤古」。
經過了一萬八千年，盤古甦醒了，掙扎著要出來。
他拿起手邊的斧頭，劃破了混沌。
清而輕的氣體上升為天空，混而重的下沉，形成了大地。
盤古雙手托舉著天空，腳踩著大地，站在天地之間。開天闢地，世界誕生了。

盤古，是中國神話中的神祇，傳說他是一個奇大無比的巨人，孕育在混沌之中，之後開天闢地，創造宇宙，而死後其身軀和器官變為天地及萬物。盤古開天的記載最早見於三國時期吳國徐整所著《三五曆紀》。

葉公好龍

釋義

葉公：春秋時楚國貴族，名子高，封于葉。比喻口頭上說愛好某事物，然而卻並不真愛好。

出處

漢．劉向《新序．雜事五》：

「葉公子高好龍，鉤以寫龍，鑿以寫龍，屋室雕文以寫龍。於是天龍聞而下之，窺頭於牖，施尾於堂。葉公見之，棄而還走，失其魂魄，五色無主。是葉公非好龍也，好夫似龍而非龍者也。」

造句

對於未來只有不切實際的規畫，就如葉公好龍，經不起考驗。

近義詞

向聲背實、徒慕虛名

反義詞

名副其實、名實相符

春秋時期，有一位葉公，逢人便說自己喜歡龍。
我超級超級喜歡龍。❤
龍聽說了後，便決定上門拜訪葉公。
葉公好龍，表裡不一。
天啊。嚇死我了，我可不喜歡真龍。

龍，是中國傳說中的一種動物，與鳳凰、麒麟、龜一起並稱「四瑞獸」。中國歷史上的各朝代以龍作為皇帝的象徵物，皇帝更自稱為「真龍天子」。而西方世界中則普遍認為龍為邪惡的象徵。

女媧補天

釋義

神話故事，伏羲的妹妹女媧煉五色石補天。形容改造天地的雄偉氣魄和大無畏的鬥爭精神。

出處

西漢．劉安《淮南子．覽冥訓》：「於是女媧煉五色石以補蒼天。」

造句

即使眼前還有難關，但我們要用女媧補天的精神來戰勝困難。

近義詞

煉石補天、補天柱地

傳說火神祝融和水神共工在一次爭鬥後，打輸的共工怒而撞不周山。
不周山是撐天的支柱，這一撞使得天塌地裂。
洪水肆虐，山林起火，猛獸出沒，使得人們遭受苦難。
最後女媧補天，天地安定下來，人們重新過上安樂生活。

女媧，人首蛇身，原為中國傳說時代中的上古氏族首領，後成為中國神話中的人類始祖。相傳她以黃土造人，創立了人類社會制度，後因天空塌陷，才以五彩石補天。

杜鵑啼血

釋義

傳說杜鵑晝夜悲鳴，啼到出血才停止。常用以形容哀痛之極。

出處

唐．白居易〈琵琶行〉詩：「其間旦暮聞何物？杜鵑啼血猿哀鳴。」

造句

她抱緊了死去親人的照片大哭，聲聲淒寒，有如杜鵑啼血。

近義詞

悲痛欲絕、痛不欲生

反義詞

欣喜若狂、喜出望外

傳說四川的蜀國有個人民愛戴的望帝，他總是愛民如子。
後來他將皇位傳給治水有功的鱉靈，稱為從帝。
請好好地愛護子民。
然而從帝漸漸地不再愛護人民，讓退位的望帝十分憂心。
唉，進不了宮，這下子如何是好？
無法進城的望帝化作杜鵑鳥，飛進宮中的枝頭上啼叫到流血。從帝這才醒悟。
民貴！民貴！

杜宇，又名蒲卑，死後號望帝，生卒年不詳。傳說為古蜀國的國君，晚年時期，國內發洪水，人民不得安處，他命丞相鱉靈治水，最後解除水患，望帝才將王位禪讓。

指鹿為馬

釋義

指著鹿，說是馬。比喻故意顛倒黑白，混淆是非。

出處

西漢・司馬遷《史記・秦始皇本紀》：「趙高欲為亂，恐群臣不聽，乃先設驗，持鹿獻於二世，曰：『馬也。』二世笑曰：『丞相誤邪？謂鹿為馬。』問左右，左右或默，或言馬以阿順趙高。」

秦二世時，掌握權勢的丞相趙高決定要測試自己的威信。他想到了一個方法……
陛下，臣獻給您一匹好馬。
丞相，這分明是一頭鹿啊！
這確實是一頭馬，不信的話，可以問眾大臣。
但馬的頭上怎麼會有角……
唉，趙高指鹿為馬，吾等不敢不從。
皇上，這確實為一頭馬。

造句

他做錯了事情，卻一直不肯認錯，反而指鹿為馬，試圖混淆是非。

近義詞

顛倒是非、指皂為白

反義詞

黑白分明、明辨是非

趙高，中國戰國時期秦國人，歷仕秦始皇、秦二世和秦王子嬰三代君主，自為丞相、專權用事，最後被子嬰派宦官韓談刺殺而死。同年，子嬰投降劉邦，秦朝滅亡。

望梅止渴

釋義

比喻因願望無法實現，只好拿幻想來安慰、滿足自己。

出處

南朝宋·劉義慶《世說新語·假譎》：「魏武行役，失汲道，軍皆渴，乃令曰：『前有大梅林，饒子，甘酸，可以解渴。』士卒聞之，口皆出水，乘此得及前源。」

造句

一直沒有機會到國外旅遊，只好看著各國的風景照望梅止渴。

近義詞

畫餅充飢、指雁為羹

反義詞

如願以償、宿願得償

東漢末年，曹操有次帶兵行軍。豔陽高照，卻找不到水源，大家全都口渴難耐。
這樣下去可不行，我得想個法子。
前方有一座大梅林，結了很多梅子。味道酸甜可口。趕緊走！
走！走！走！

《假譎》，是《世說新語》的第二十七門，共有十四則故事。假譎，指虛假欺詐。本篇所記載的事例都以作假的手段，或說假話，或做假事，來達到目的。有些手段是機智的詭計，而有些則是殘忍的狡詐行為。

鐵杵成針

釋義

鐵杵（ㄔㄨˇ）：鐵棒。將鐵棒磨成細小的針。比喻有恆心，肯努力，做任何事情都能成功。

出處

宋．祝穆《方輿勝覽．磨鍼溪》：「磨鍼（ㄓㄣ）（針）溪，在象耳山下。世傳李太白讀書山中，未成，棄去。過是溪，逢老媼方磨鐵杵，問之，曰：『欲作針。』太白感其意。還，卒業。」

造句

雖然沒有雙手，但他卻以口代手來畫畫，最後鐵杵成針，成為一代畫家。

近義詞

金石可鏤（ㄌㄡˋ）、鐵硯磨穿

反義詞

半途而廢、知難而退

相傳唐朝詩人李白，年少時不愛讀書，總是逃學到處閒晃。一天，他經過一個茅屋門口……
婆婆您在做什麼？
我要把鐵杵磨成針。
是做成縫衣的繡花針？這不可能做到的。
滴水穿石，愚公移山。只要有恆心，必定鐵杵成針。
李白一聽，非常地慚愧，決心以後要好好讀書。後來成了一代詩仙。

《方輿勝覽》由南宋人祝穆編撰，是一本地理總志，主要記載了南宋臨安府所轄地區的郡名、風俗、人物、題詠等內容。「鐵杵成針」就講述了李白在四川眉州的象耳山求學過程，不過後人認為此事為杜撰。

完璧歸趙

釋義

本指藺(ㄌㄧㄣˋ)相如將和(ㄏㄜˊ)氏璧完好地自秦送回趙國。後比喻把原物完好地歸還本人。

出處

西漢・司馬遷《史記・廉頗藺相如列傳》：「城入趙而璧留秦；城不入，臣請完璧歸趙。」

造句

這部相機遺失在車站，如今終於找到失主，完璧歸趙。

近義詞

原物奉還(ㄏㄨㄢˊ)、物歸原主

反義詞

有去無回、據為己有

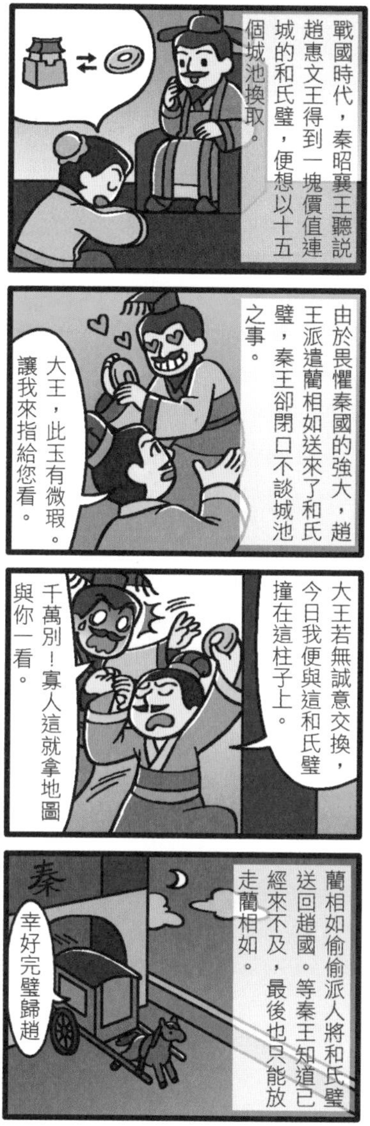
戰國時代，秦昭襄王聽説趙惠文王得到一塊價值連城的和氏璧，便想以十五個城池換取。
由於畏懼秦國的強大，趙王派遣藺相如送來了和氏璧，秦王卻閉口不談城池之事。
大王，此玉有微瑕。讓我來指給您看。
大王若無誠意交換，今日我便與這和氏璧撞在這柱子上。
千萬別！寡人這就拿地圖與你一看。
藺相如偷偷派人將和氏璧送回趙國。等秦王知道已經來不及，最後也只能放走藺相如。
秦
幸好完璧歸趙

和氏璧，中國古代最著名的玉，相傳為楚國人卞和所發現，因此得名和氏。和氏璧加工後成為秦、漢、魏、晉、隋、唐等歷代王朝的傳國璽(ㄒㄧˇ)，最後在五代十國的動亂中下落不明。

四面楚歌

釋義

用以比喻所處環境艱難困頓，危急無援。

出處

西漢．司馬遷《史記．項羽本紀》：「項王軍壁垓下，兵少食盡，漢軍及諸侯兵圍之數重。夜聞漢軍四面皆楚歌，項王乃大驚，曰：『漢皆已得楚乎？是何楚人之多也。』」

造句

公司情況危急，家人也不願意支持，如今的他四面楚歌，不知如何是好。

近義詞

八方受敵、窮途末路

反義詞

歌舞昇平、太平氣象

韓信
大王，臣有一妙計，令士兵唱起楚歌。
確為良計，項羽旗下士兵若聽到楚歌，
必定會因此思鄉而軍心大亂。好！好！好。
劉邦
我想家……
我想娘……
莫非漢軍已經佔領楚地了，不然為何四面楚歌，天要亡我……

項羽，名籍，字羽，秦朝末年西楚人。起兵後，自封「西楚霸王」，與漢王劉邦展開了歷時四年的楚漢戰爭，最後在垓下之戰為劉邦所敗，突圍至烏江後，自刎而死。

負荊請罪

釋義

負：背著；荊：荊條。背著荊條向對方請罪。表示向人認錯賠罪。

出處

西漢・司馬遷《司馬遷・史記・廉頗藺相如列傳》：「廉頗聞之，肉袒負荊，因賓客至藺相如門謝罪。」

造句

他知道自己冤枉了朋友，遂負荊請罪、登門道歉。

近義詞

肉袒牽羊、免冠謝罪

反義詞

登門問罪、西鄰責言

戰國時代，趙國的藺相如處理秦國外交方面有功，被升為丞相，在大將軍廉頗之上。
那個藺相如若是讓我遇到，我要教訓教訓他！
大人為何屢屢退讓廉頗，是不是懼怕他？
若是我與將軍不合，那麼秦國就有機可趁。我是為了和睦啊！
聽聞丞相的用心，我感到十分慚愧，遂來負荊請罪。

廉頗，戰國末期趙國之良將，與白起、王翦、李牧並稱「戰國四大名將」。藺相如，戰國時期趙國大臣，官至上卿。生平最重要的事跡有完璧歸趙（P257）、澠池之會與負荊請罪。

臥薪嘗膽

釋義

薪：柴草。睡覺睡在柴草上，吃飯睡覺都嘗一嘗苦膽。形容人刻苦自勵，發奮圖強。

出處

西漢．司馬遷《史記．越王勾踐世家》：「越王勾路反國，乃苦身焦思，置膽於坐，坐臥即仰膽，飲食亦嘗膽也。」

造句

他臥薪嘗膽，每天刻苦訓練，就是為了一舉拿下世界冠軍。

近義詞

懸梁刺股、發憤圖強

反義詞

苟且偷安、得過且過

春秋時代，吳王夫差大敗越國，越王勾踐成了囚徒。
我一定要表現出很順從的樣子，讓吳王放我回國。
勾踐最終打消吳王的疑慮，被釋放回國。
臥薪嘗膽能讓我記住恥辱，我一定要復仇！
經過十年，我終於消滅吳國，報仇雪恥。
吳

吳越爭霸關鍵人物—范蠡，字少伯，春秋時期楚國人。因不滿當時楚國政治黑暗、非貴族不得入仕而投奔越國，輔佐越王勾踐。傳說他幫助勾踐復興越國，最後一舉滅吳，一雪會稽之恥。

手不釋卷

釋義

形容讀書或看書入迷，手都不捨得鬆開書，形容勤奮好學。有時也比喻十分喜愛。

出處

西晉．陳壽《三國志．呂蒙傳》注引《江表傳》：「光武當兵馬之務，手不釋卷。」

造句

他酷愛讀書，無論何時總是手不釋卷，令人佩服。

近義詞

囊螢映雪、懸梁刺股

反義詞

心有鴻鵠(ㄏㄨˊ)、心猿意馬

三國時代，呂蒙為吳國大將，驍勇善戰。不過，呂蒙卻不愛讀書。
吳
孫權
你若是讀點歷史和兵法，用兵會更高明。
臣在軍隊裡有好多事情要處理，沒有時間讀書。
此話不對，漢朝光武皇帝，即使忙於領兵打仗，卻仍手不釋卷。
臣知錯。
從今天開始，我要好好讀書。不負主公的期望。

三國時，吳國大將呂蒙，在孫權的勸勉下開始奮發讀書。吳將魯肅原本輕視他學問差，然而有次與之談論天下事，魯肅大驚說：「如今的你已經不是從前的阿蒙」。呂蒙回：「士別三日，更待刮目相看。」為成語「吳下阿蒙」的由來。

柳暗花明

釋義

柳樹成蔭，繁花似錦的春天景象。也比喻在困難中遇到轉機。

出處

唐．武元衡〈摩河池送李侍御之鳳翔〉詩：「柳暗花明池上山，高樓歌酒換離顏。」

宋．陸游〈遊山西村〉詩：「山重水複疑無路，柳暗花明又一村。」

造句

失業半年的他意志消沉，然而峰迴路轉、柳暗花明，最後找到好工作。

近義詞

絕處逢生、峰迴路轉

反義詞

走頭無路、山窮水盡

南宋著名愛國詩人陸游被免職之後，回到故鄉，終日讀書以打發時間。
一日，陸游遠行，漸漸地走到人煙稀少的地方。
好像沒路可走了，但是就這麼回頭太可惜了，再往前一點吧。
哇！柳暗花明又一村。
竟有此等美景。

陸游，南宋愛國詩人，由於堅持主張抗金，多次受到主和派的攻擊，最後被罷官。心中滿腔悲憤的陸游回到了家鄉，一日出外，本以為無路可走，卻見柳暗花明，使得他心境轉變，重新振作起來。

青梅竹馬

釋義

後人用來形容幼小男女孩童之間，相親相愛融洽無比的感情。

出處

唐・李白〈長干行〉詩：「郎騎竹馬來，遶（繞）床弄青梅。同居長干里，兩小無嫌猜。」

造句

他們是青梅竹馬，長大後又情投意合，因此結為夫妻。

近義詞

兩小無猜、竹馬之好

反義詞

視同陌路、舊怨宿敵

奶奶，你跟爺爺怎麼認識的？
我跟你爺爺是青梅竹馬，從小就是鄰居。當時他可調皮了……
後來我們就結婚了，一直到現在。
哇！

李白《長干行》是一首樂府詩，以商婦的愛情和離別做為題材。全詩以女子自述的口吻，抒發對外出經商的丈夫的思念，從天真爛漫的童年到新婚生活，以及離別愁緒都深刻動人。

心有靈犀

釋義

犀（ㄒㄧ）：動物名。比喻情意相通，意念相契合。

出處

唐．李商隱〈無題〉詩二首之一：「身無彩鳳雙飛翼，心有靈犀一點通。」

造句

他們相知相惜多年，彼此心有靈犀，能夠領會對方的心意。

近義詞

心領神會、情投意合

反義詞

貌合神離、話不投機

Celina
Alex
Celina
Alex
我們真是心有靈犀。

《山海經》中記載一種犀牛長有三隻角，分別長在頭頂、額頭、鼻子上。其中頭頂角又叫通天犀，剖開可見白線似的紋理貫通，可相通兩端感應靈異，故稱「靈犀」。

老驥伏櫪

釋義

驥（ㄐㄧˋ）：千里馬；櫪：馬槽。伏櫪：就著馬槽吃食。多用于形容懷有雄心壯志的老年人。常與「志在千里」連用。

出處

東漢・曹操〈步出夏門行〉詩：「驥老伏櫪，志在千里；烈士暮年，壯心不已。」

造句

他雖然七十歲了，仍然盡心投入研究，真是老驥伏櫪，壯心未已。

近義詞

老當益壯、壯志淩雲

反義詞

老態龍鍾 103 、老朽無能

三國時代，曹操在官渡之戰大敗袁紹，袁紹的兩個兒子投奔了烏桓，企圖藉烏桓的力量捲土重來。
安全了！
烏桓常常入侵我們的領土，加上有袁家的餘孽，我決定要遠征烏桓，統一北方。
曹操
將士們！烏桓首領已死，班師回朝。
想我已經年過半百，仍是老驥伏櫪，志在千里啊！

羅貫中《三國演義》中提及三國十大名馬，分別為：呂布—赤兔馬；劉備—的（ㄉㄧˊ）盧馬；曹操—絕影馬、爪黃飛電；張飛—烏雲踏雪；趙子龍—照夜玉獅子；孫權—快航馬；曹真—驚帆馬；魏延—烏騅（ㄓㄨㄟ）馬；曹植—紫騂（ㄒㄧㄥ）馬。

霧裡看花

釋義

形容視界模糊，看不清楚。後比喻看不清楚事情的真象。

出處

唐・杜甫〈小寒食舟中作〉詩：「春水船如天上坐，老年花似霧中看。」

造句

這件事情的當事人各說各話，使得旁觀者霧裡看花，始終不清楚來龍去脈。

近義詞

若明若暗、醉中逐月

反義詞

洞若觀火、一目了然

唐代詩人杜甫一生坎坷，以舟為家，到處漂泊。
今天是小寒食，我卻孤苦無依，此等佳辰，應當配酒。
我身體衰邁，老眼昏蒙，看岸邊的花草，簡直是霧裡看花呀。
唉……也不知道長安的景況如何了。

小寒，是二十四節氣中的第二十三個節氣，標誌著開始進入一年中最寒冷的日子。詩人杜甫晚年顛沛流離，在船上度過餘生，寫完這首詩的半年後就去世了。

琵琶別抱

釋義

婦女改嫁。今對於女子結識新的男友，也會使用此成語。

出處

唐．白居易〈琵琶行〉詩：「千呼萬喚始出來，猶抱琵琶半遮面。」

造句

在當兵的這段期間，得知女友琵琶別抱，他意志消沉了好一陣子。

近義詞

琵琶別弄、移情別戀

反義詞

從一而終、忠貞不渝

老公，你怎麼哭成這樣？
我在看電視劇。妳看，這個女孩以為丈夫戰死沙場，就選擇琵琶別抱，改嫁他人。
那也不能怪她，總不能永遠等著不會回來的人，古代女子生活不易呀！
嗚！這麼說妳以後也會這樣對我？
冷靜冷靜！你實在想太多了。

〈琵琶行〉是唐朝著名詩人白居易的長篇新樂府之一。詩人描述琵琶女的高超技藝與不幸經歷，表達了深切同情，同時也有感而發，抒發自己無辜被貶官的失意感嘆。

尾聲：記得要複習成語喔！

數週後。
看著我寫作業，你也太悠哉了。
當然，我已經都學完了
那我就考考你們兩個。
為什麼連我也要加入……

那麼就再補充寓言、歷史典故的成語吧！
我先來！

寓言成語

狐假虎威:比喻依仗別人的勢力欺壓人。
買櫝還珠:比喻捨本逐末，取捨失當。
揠苗助長:比喻不顧事物規律，強求速成，反將事情弄糟。
濫竽充數:比喻沒有真才實學的人，卻混在行家中。
杞人憂天:比喻缺乏根據且不必要的憂慮。
驚弓之鳥:比喻因曾受打擊或驚嚇，所以一有動靜就害怕的人。
掩耳盜鈴:比喻妄想瞞騙他人，結果卻是自己騙自己。

換我。

歷史典故

東山再起:比喻失勢之後又重新得勢。
一鼓作氣:趁銳氣旺盛的時候，一舉成事。
圖窮匕見:比喻形跡敗露，真相顯現。
紙上談兵:比喻不合實際的空談、議論。
暴殄天物:原指殘害滅絕天生萬物，後指任意糟蹋東西。
暗渡陳倉:比喻用一種假象迷惑對方，實際上卻另有打算。
洛陽紙貴:比喻著作有價值，流傳廣。

很好，看來你們已經掌握了許多成語。
好！我準備離開了，現在已經儲備好能量！
這麼快——！
送給你這本書，以後還要好好複習喔。
成語四格漫畫
嗯！
再見了，一定要再回來喔！
後會有期！

成語練習題

成語練習題

一、成語填空接龍

提示

1. 用來形容作畫、作文時不輕易下筆，力求精練。
2. 形容走路腿腳不方便，歪歪倒倒的樣子。
3. 像在哭泣，也像在訴說委屈。比喻聲音淒哀。
4. 秋風帶來了涼意。
5. 形容男子面貌俊美。
6. 比喻做超乎能力所及的事情，一定會失敗。
7. 比喻離異的夫妻很難再復合，或既定的事實很難再改變。
8. 比喻故意顛倒黑白，混淆是非。
9. 比喻在關鍵的地方加上一筆，使得內容更加精闢、傳神。
10. 比喻不自量力或有雄心壯志但未竟大業。
11. 形容生動逼真，就像是真的一樣。
12. 比喻過時的事物或消息。
13. 形容山水秀麗，風景優美。
14. 比喻在上位者施行德政教化人民，使人民順從。
15. 比喻辛苦勞頓之意。
16. 比喻相差很遠、截然不同。

						4	送	風	金	如	1墨	惜
										訴		
								面	飛	3	步	健
								如		泣	履	
								冠			2	
							食	5	衣	錦	跚	
		急	13	水	明	山						
		如			日	10	父	夸		指		6
月	戴	15	披		黃					鹿		臂
		火	樹	銀	12	看	裡	霧	畫	為	7	當
庭	16	相	大		生	11	栩	栩	龍	8	水	車
			招						點		難	
偃	草	行	14						9		收	

二、寫賀詞與輓聯

（　）1. 王大哥經過多年努力，終於完成開店的夢想，請問可以送出以下何者花籃？

A 音容宛在　B 鴻圖大展
C 椿萱並茂　D 弄璋之喜

（　）2. 聽聞林姊姊生了兒子，你準備了一份禮物，請問可以送出以下何者賀卡？

A 弄璋之喜　B 琴瑟和鳴
C 掌上明珠　D 駕鶴西歸

（　）3. 李大哥的父母皆是耄耋之年，為此他特地準備了生日宴，你準備了一塊匾額，請問下列何者適當？

A 泰山其頹　B 音容宛在
C 琴瑟和鳴　D 椿萱並茂

（　）4. 江大叔中年喪子，陷入愁雲慘霧之中，你準備了一副輓聯，請問下列何者適當？

A 椿萱並茂　B 駕鶴西歸
C 抱痛西河　D 鴻圖大展

（　）5. 爸爸從報紙上得知對國家有重大貢獻的人，於日前不幸逝世了，請問下列何者可能是報紙上的標語？

A 泰山其頹　B 抱痛西河
C 掌上明珠　D 椿萱並茂

（　）6. 表姊下週即將與交往多年的男友共結連理，請問下列何者可能是紅包袋上的題詞？

A 琴瑟和鳴　B 音容宛在
C 弄瓦之喜　D 椿萱並茂

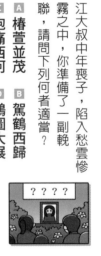

三、看圖猜成語

請依據圖像情境，填入下列成語代號

1.

(____)

2.

(____)

3.

(____)

4.

(____)

5.

(____)

6.

(____)

A 儀態萬方　　C 張口結舌　　E 蓬頭垢面

B 風度翩翩　　D 七竅生煙　　F 躡手躡腳

四、人物與成語連連看

負荊請罪 ●	● 項羽
臥薪嘗膽 ●	● 孔明
手不釋卷 ●	● 姜子牙
覆水難收 ●	● 廉頗
鞠躬盡瘁 ●	● 勾踐
四面楚歌 ●	● 呂蒙
鐵杵成針 ●	● 老萊子
望梅止渴 ●	● 曹操
箕山之志 ●	● 趙高
綵衣娛親 ●	● 許由
指鹿為馬 ●	● 李白
背水一戰 ●	● 韓信

五、打圈叉

意思相近的成語請畫○，不是的請打×

1. 八面玲瓏（○）左右逢源
2. 大相逕庭（　　）大同小異
3. 栩栩如生（　　）畫虎類犬
4. 奔車朽索（　　）固若金湯
5. 星羅棋布（　　）車載斗量
6. 鳳毛麟角（　　）過江之鯽
7. 背水一戰（　　）破釜沉舟
8. 螳臂當車（　　）蚍蜉撼樹
9. 風行草偃（　　）以德服人
10. 六馬仰秣（　　）餘音繞梁

六、成語調色盤

1. 信口雌（黃）
2. （　　）雲蒼狗
3. 惜墨如（　　）
4. 平步（　　）雲
5. 慘（　　）少年
6. （　　）氣東來
7. 直搗（　　）龍
8. 火樹（　　）花

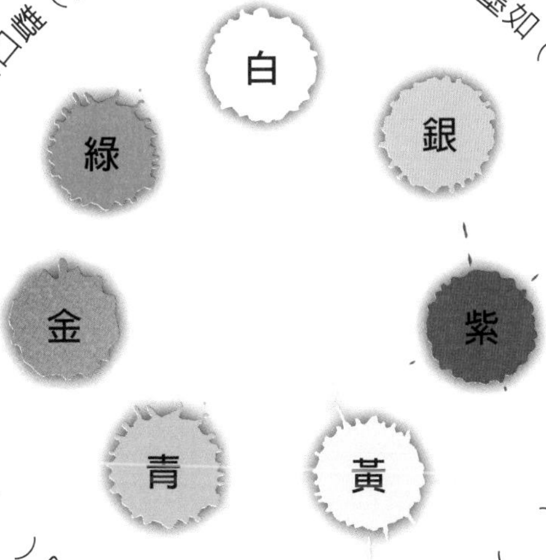

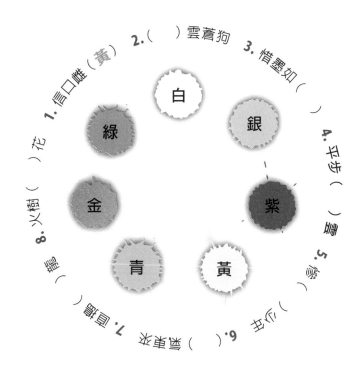

七、看圖猜數字成語

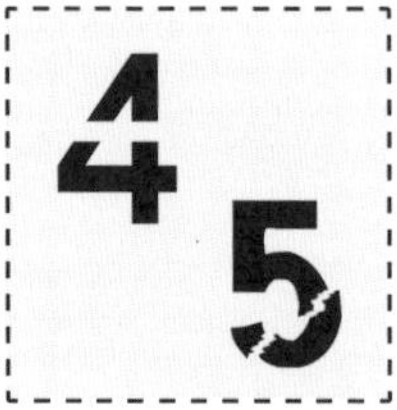

1.（四分五裂）

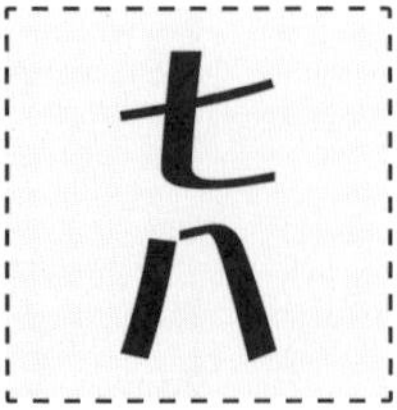

2.（　　　　）

3.（　　　　）

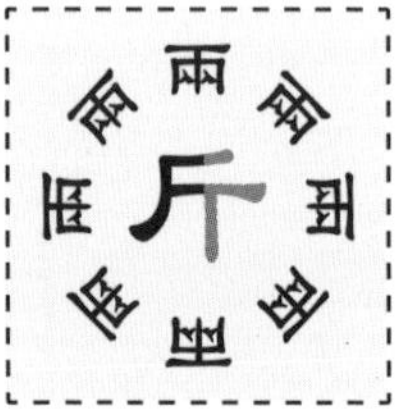

4.（　　　　）

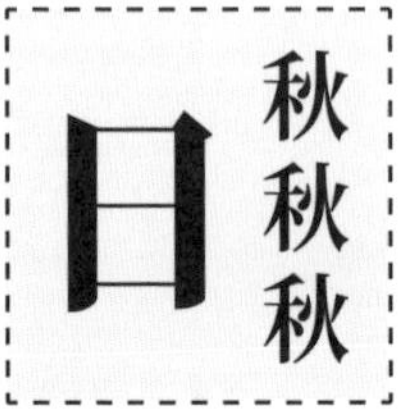

5.（　　　　）

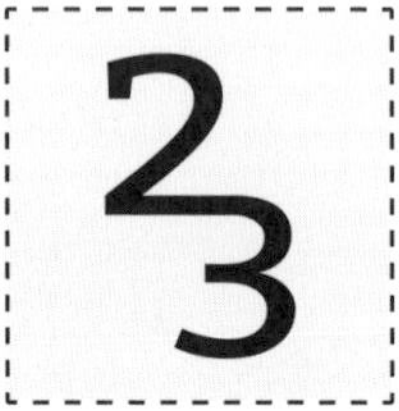

6.（　　　　）

7.（　　　　）

8.（　　　　）

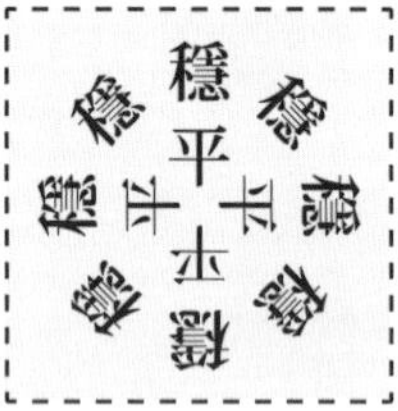

9.（　　　　）

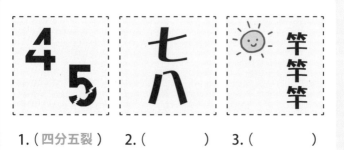

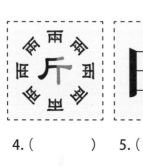

八、動物成語填填看

請在空格處填入適當的動物

1. 飛（蛾）撲火：比喻自取滅亡。
2. 白雲蒼（　）：比喻事物變化不定。
3. 井底之（　）：比喻眼界小，見識少。
4. （　）首是瞻：比喻追隨某人行動。
5. 勞（　）分飛：比喻夫妻、情侶別離。
6. 杯弓（　）影：比喻因疑神疑鬼而引起恐懼。
7. 聞（　）起舞：比喻人發奮學習，勵精圖治。
8. 守株待（　）：比喻不知變通。
9. 殺雞儆（　）：比喻用懲罰一個人的辦法來警告別的人。
10. 對（　）彈琴：比喻對不懂道理的人講道理，彼此無法溝通。
11. 舐（　）情深：比喻父母疼愛子女。
12. 杜（　）啼血：用以形容哀痛之極。
13. （　）髮童顏：形容老年人氣色好。
14. 黔（　）技窮：比喻有限的本領已經用完。
15. 直搗黃（　）：比喻直接攻入敵人都城要地。
16. （　）毛麟角：指相當稀少珍貴的人或物品。
17. 指（　）為馬：比喻故意公然地顛倒黑白，混淆是非。
18. 一箭雙（　）：比喻一次舉動，可以同時達到兩個目標。
19. 河東（　）吼：比喻悍妒、強勢的妻子對丈夫大吵大鬧。
20. （　）蚌相爭：比喻雙方爭執不相讓，必會造成兩敗俱傷，讓第三者獲得利益。

九、填上近義詞

請幫下列成語找出近義詞

近在咫尺　席不暇暖　旗鼓相當
愚公移山　學富五車

1. 比肩而立
2. 不分軒輊
3. 滿腹經綸
4. 櫛風沐雨
5. 精衛填海

十、成語對接

下列括號中為相同的首尾字，請依據上下文，填入正確的字

1. 不共戴（天）各一方
2. 塞翁失（　）首是瞻
3. 運斤成（　）和日麗
4. 夜郎自（　）相逕庭
5. 蓬頭垢（　）如冠玉
6. 直搗黃（　）行虎步
7. 低聲下（　）宇軒昂
8. 琳瑯滿（　）不識丁
9. 勞燕分（　）蛾撲火
10. 旗鼓相（　）頭棒喝

十一、填上反義詞

請幫下列成語找出反義詞

慢條斯理　虛懷若谷　司空見慣
門可羅雀　江郎才盡

1. 夜郎自大
2. 急如星火
3. 妙筆生花
4. 門庭若市
5. 蜀犬吠日

十二、成語分類

請將下列成語依據屬性分類

婀娜多姿　憂心忡忡　謙沖自牧
如釋重負　其貌不揚　手舞足蹈
剛愎自用　八面玲瓏　畢恭畢敬
風度翩翩

外在

婀娜多姿

內在

憂心忡忡

十三、替換成語

請將　　中的句子替換為適當的成語

（　）1. 他們兩個是從小就認識的人，長大後越走越近，最後結為夫妻，實乃佳話啊！
A 勞燕分飛　B 琵琶別抱　C 青梅竹馬　D 井底之蛙

（　）2. 為了創業，他每天天還沒亮就出門，晚上才回來，整天忙於工作，終於做出一番成績。
A 懲前毖後　B 披星戴月　C 熙熙攘攘　D 急如星火

（　）3. 在他30歲這一年，決定放棄多年的工作經歷，選擇出國留學，一圓少時的夢想。
A 不惑之年　B 弱冠之年　C 始齔之年　D 而立之年

（　）4. 回到家後，一開門卻見到滿地散亂的東西，她整個人彷彿著火般，氣到破口大罵。
A 六神無主　B 七竅生煙　C 鬱鬱寡歡　D 如釋重負

（　）5. 這間寺廟有著百年的歷史，香火鼎盛，許多香客紛紛前來朝聖，人多到寺內門檻也被踏壞了。
A 戶限為穿　B 門可羅雀　C 前車之鑑　D 寸草不留

（　）6. 他看到喜歡的東西就會毫不猶豫地購買，常常把手邊的錢用光，還得預支下個月的薪水。
A 出神入化　B 錦衣玉食　C 寅吃卯糧　D 綽綽有餘

（　）7. 這道菜非常考驗刀工，要把豆腐切成千百條絲，要有純熟的技藝才能做到。
A 刻舟求劍　B 運斤成風　C 捉襟見肘　D 黔驢之技

（　）8. 這些聖誕裝飾只有在過節前使用才有應景的氣氛，你現在才拿出來，已經事過境遷沒有什麼興味了。
A 明日黃花　B 運斤成風　C 借花獻佛　D 六馬仰秣

十四、短文填寫

1. **焚膏繼晷、一刀兩斷、不學無術、當頭棒喝、高風亮節、古道熱腸**

林哥哥從小不愛讀書，整天遊手好閒、（不學無術），但是在父母為了他而勞心傷神地病倒之後，他有如（　　　　），從此洗心革面，變成認真上進的人，與過去的豬朋狗友（　　　　），而且重返校園，每天都（　　　　）地讀書，終於走回正途。

2. **悵然若失、聲色俱厲、低聲下氣、頤指氣使、大相逕庭、虛懷若谷**

他自從升職之後，便開始轉換態度，對誰都擺出一副不可一世、（　　　　）的模樣。只要屬下稍微犯錯，便是（　　　　）地斥責，即使屬下已經（　　　　）地連連道歉，依舊得理不饒人，與從前（　　　　）的模樣簡直是（　　　　）。

3. **童顏鶴髮、經年累月、耄耋之年、栩栩如生、老態龍鍾、健步如飛**

這位老人家的年齡已經是（　　　　）了，但是外表看來（　　　　）身體健康，走起路來更是（　　　　），完全沒有一絲疲態。不僅如此，他還是國畫大師，每幅畫都（　　　　），沒有（　　　　）地磨練是無法成就的。令人萬分佩服。

4. **鬱鬱寡歡、溘然長逝、天壤之別、阮囊羞澀、錦衣玉食、甘之如飴**

他曾經是一位富家子弟，從小（　　　　）、不愁吃穿，然而家中破產後，與過去的生活有如（　　　　），不但面臨（　　　　）的窘困；父親還因病（　　　　），有此打擊，也難怪他總是眉頭緊蹙，一副（　　　　）的樣子。

第272頁 一、成語填空接龍

						[4]爽	送	風	金	如	[1]墨	惜
										訴		
								面	飛	[3]如	步	健
								如		泣	履	
								冠			[2]蹣	
							食	[5]玉	衣	錦	跚	
		急	[13]秀	水	明	山						
		如			日	[10]追	父	夸		指		[8]螳
月	戴	[15]星	披		黃					鹿		臂
		火	樹	銀	[12]花	看	裡	霧	畫	為	[7]覆	當
庭	[16]逕	相	大		生	[11]如	棚	棚	龍	[6]馬	水	車
			招						點		難	
偃	草	行	[14]風						[9]睛		收	

第274頁 二、寫賀詞與輓聯

1. B
2. A
3. D
4. C
5. A
6. A

第275頁 三、看圖猜成語

1. C
2. A
3. E
4. B
5. D
6. F

第276頁 四、人物與成語連連看

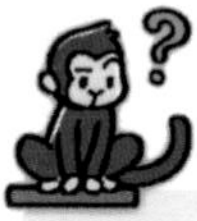

成語	人物
負荊請罪	廉頗
臥薪嘗膽	勾踐
手不釋卷	呂蒙
覆水難收	姜子牙
鞠躬盡瘁	孔明
四面楚歌	項羽
鐵杵成針	李白
望梅止渴	曹操
箕山之志	許由
綵衣娛親	老萊子
指鹿為馬	趙高
背水一戰	韓信

第277頁

五、打圈叉

1. ○
2. X
3. X
4. X
5. ○
6. X
7. ○
8. ○
9. ○
10. ○

第277頁

六、成語調色盤

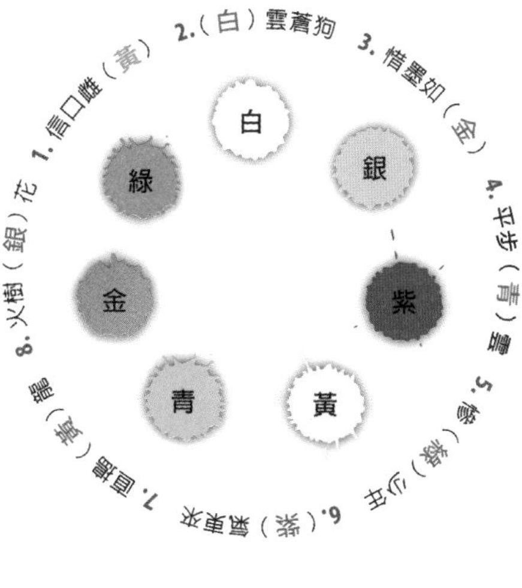
1.信口雌（黃）
2.（白）雲蒼狗
3.惜墨如（金）
4.平步（青）雲
5.慘（綠）少年
6.（紫）氣東來
7.直搗（黃）龍
8.火樹（銀）花
白
銀
紫
黃
青
金
綠

第278頁

七、看圖猜數字成語

1.（四分五裂） 2.（七上八下） 3.（日上三竿）

4.（半斤八兩） 5.（一日三秋） 6.（接二連三）

7.（顛三倒四） 8.（朝三暮四） 9.（四平八穩）

第279頁

八、動物成語填填看

1. 蛾
2. 狗
3. 蛙
4. 馬
5. 燕
6. 蛇
7. 雞
8. 兔
9. 猴
10. 牛
11. 犢
12. 鵲
13. 鶴
14. 驢
15. 龍
16. 鳳
17. 鹿
18. 鵰
19. 獅
20. 鷸

第280頁

九、填上近義詞

1. 比肩而立 — 近在咫尺
2. 不分軒輊 — 旗鼓相當
3. 滿腹經綸 — 學富五車
4. 櫛風沐雨 — 席不暇暖
5. 精衛填海 — 愚公移山

第280頁

十、成語對接

1. 天
2. 馬
3. 風
4. 大
5. 面
6. 龍
7. 氣
8. 目
9. 飛
10. 當

第281頁

十一、填上反義詞

1. 夜郎自大 — 虛懷若谷
2. 急如星火 — 慢條斯理
3. 妙筆生花 — 江郎才盡
4. 門庭若市 — 門可羅雀
5. 蜀犬吠日 — 司空見慣

十二、成語分類
第281頁

外在

婀娜多姿　其貌不揚　手舞足蹈　畢恭畢敬　風度翩翩

內在

憂心忡忡　謙沖自牧　如釋重負　剛愎自用　八面玲瓏

十三、替換成語
第282頁

1. C
2. B
3. D
4. B
5. A
6. C
7. B
8. A

十四、短文填寫
第283頁

1. 不學無術、當頭棒喝、一刀兩斷、焚膏繼晷

2. 頤指氣使、聲色俱厲、低聲下氣、虛懷若谷、大相逕庭

3. 耄耋之年、童顏鶴髮、健步如飛、栩栩如生、經年累月

4. 錦衣玉食、天壤之別、阮囊羞澀、溘然長逝、鬱鬱寡歡

索引

（以筆畫排列）

七劃

八劃

九劃

十劃

十一劃

十二劃

十三劃

十四劃

為什麼
只有地球能住人？
因為土壤、空氣、火和水

馬克・布列克（Mark Brake）◎著
布蘭登・柯尼（Brendan Kearney）◎繪
范雅婷◎譯
定價690元

打開這本書，穿越過歷史、地理和科學。地球是怎麼成形？怎麼孕育出像你和我一樣的各種生物？土壤、空氣、火和水到底又是怎麼一回事？大量的插畫把這個神祕獨特又充滿魅力的地球暴露在你面前，帶你一覽這個世界的神奇奧妙之處。

飛上外太空
你瘋了嗎？那裡什麼都沒有

達萊・歐布萊恩（Dara Ó Briain）◎著
丹・布拉摩爾（Dan Bramall）◎繪
蔡心語◎譯
定價390元

太空科學最佳入門書！挑戰，是人類與生俱來的本能。當實現翱翔天際的飛行後，就更進一步向外太空展望，目標：飛上外太空！本書利用逗趣口吻述說外太空的種種，快樂學習太空科學知識。

國家圖書館出版品預行編目資料

成語四格漫畫／晨星編輯部著；CherryTeddy繪.
-- 初版. -- 臺中市：晨星，2020.04
面；　公分. --（蘋果文庫；128）

ISBN 978-986-443-987-4（平裝）

1.漢語 2.成語 3.漫畫

802.183　　109002212

蘋果文庫 128

成語四格漫畫

作者｜晨星編輯部
繪圖｜CherryTeddy

漫畫腳本｜陳品蓉、吳怡萱
責任編輯｜陳品蓉
文字校對｜陳品蓉
封面設計｜伍迺儀
美術設計｜黃偵瑜

創辦人｜陳銘民
發行所｜晨星出版有限公司
行政院新聞局局版台業字第2500號
總經銷｜知己圖書股份有限公司
地址｜台北 106台北市大安區辛亥路一段30號9樓
TEL：(02)23672044　FAX：(02)23635741
台中 407台中市西屯區工業30路1號1樓
TEL：(04)23595819#212　FAX：(04)23595493
E-mail｜service@morningstar.com.tw
晨星網路書店｜www.morningstar.com.tw
法律顧問｜陳思成律師
郵政劃撥｜15060393（知己圖書股份有限公司）
訂購專線｜02-23672044

印刷｜上好印刷股份有限公司

出版日期｜2020年4月15日
再版｜2023年8月31日（四刷）
定價｜新台幣350元

ISBN 978-986-443-987-4
Publishing by Morning Star Publishing Inc.
Printed in Taiwan